ことのは文庫

のっぺらぼうと天宿りの牙卵

影の王と祟りの子

里見 透

MICRO MAGAZINE

『のっぺらぼうと天宿りの牙卵』の舞台

仁駱山《にらくさん》……神鹿が祀られていた西域の山
飛鳥《あすか》井《い》緑院《りょくのいん》……かつての権力者・飛鳥井一族の館
帝都《ていと》 琅然大京《ろうぜんたいきょう》……西域の皇《すめらぎ》一族が治める帝領の都
斉岶《せいはく》……萬景の港町

地図制作：彪於ナゲル

萬景《ばんげい》

帝の治める帝都・琅然大京《ろうぜんたいきょう》から程近い西の守護国。帝領の守護国となることは、西域の諸国にとっては大変な名誉であり、繁栄の象徴である。

宿根《すくね》……国境《くにざかい》の町　礼黄《らいおう》……萬景の町
凱玲京《がいれいきょう》……萬景の首都
桑黄山《そうおうざん》……天狗が祀られている西域の山
酉峠道《ゆうかどう》……萬景国内の主要交易路のひとつ
検問所《けんもんじょ》……萬景と帝領の国境に設けられた施設

目次

CONTENTS

序　どくり……7
壱　すってんころり……13
弐　ぴっしゃん……45
参　どんがらしゃ……85
肆　ぽろり、ぽろ……135
伍　がらん……185
終　のらりくらり……273

のっぺらぼうと天宿りの牙卵

影の王と祟りの子

登場人物

CHARACTERS

刻雨《ときさめ》：主人公・姓は御晴野《みはるの》

新玉《あらたま》：萬景《ばんけい》の国守の名・姓は稜賀《りょうが》

主な用語

KEY TERMS

陰陽寮《おんみょうりょう》：帝領支配下の各国の祭祀を司る組織

声聞法師《しょうもんほうし》：陰陽寮に属する法師の一派

御晴野《みはるの》：白牙法師の総本山

白牙法師《はくがほうし》：御晴野に属する北方の法師

牙獣《がじゅう》：白牙法師とともに幽鬼を祓う者

牙卵《がらん》：牙獣のもととなる卵

山護《やまもり》：土地神

幽鬼《ゆうき》：未練を残して死した者の成れの果て

序

どくり

餓えていた。

闇の中、ただ無作為に手を伸ばす。何をも掴めるものはない。
そも、外に向けて伸ばしたそれが、己の腕である確証を得ることすら、できないのだ。

立ち上がらねば。
だがそれが敵わない。
歩くとは一体何であっただろうかと、そう己に問いかける。

脚だ。腕ではなく、脚を動かすのであった。
はて、それでは脚とは何であったろう。

首を傾げようとして、傾げる首がないことに気づく。

餓えている。餓えとは何か。渇求である。
だが何を求めているやら、それが己《おの》れにはわからない。
糧を得なくては。糧を得るとは一体何だ。食《は》むのだ。では何を。

次から次に溢れ出でるそれらの問いに、答えを返している者は何か。

己れである。では、――


己れとは何か。


燃え上がるような焦燥が、身の内をのたうち回っている。獣じみたその衝動が、もどかしさであることには思い至らない。だがそれは、右も左も、他《た》も己も区別がつかぬまま、ひたすらに地を這った。

糧を得なくては。乞うのか。いや、違う。与えるのだ。


己れは、――己れは。


「ア、アァ、ラタ、マ、――」

引き攣《つ》れたその声が、不意に喉から零《こぼ》れ落ちた。まるで瑞々《みずみず》しい青葉から垂れた朝露の如く、強く煌《きら》めくそれが、――冷えた心に、血を通わせる。

どくりと鼓動が脈打った。身の内で鳴った音ではない。だがどくりどくりと鳴る音は、大地の奥底から響くかの如く、その存在感を強烈に知らしめている。

のそりと身体を持ち上げて、それは、己が人間であったことを自覚した。

音を立て、枯れ葉の山へ立ち上がる。耳障りな乾いた音。それが尚更この男に、餓えを自覚させていた。喉が渇いた。腹が減っている。だが彼の餓えは、渇求は、そうした肉体的な欲望では止《とど》まらぬ。

ゆらりと焔《ほむら》のように揺れる衝動が、男の胸を焦がしていた。その正体が何であるのか、これは問いかけるまでもない。

「赦《ゆる》さない、……赦すものか、」

身が形を成すのと同時に、曖昧に揺れていた思考が、記憶が、甦る。

ひとつに結った黒髪が、夜風に流れ融けてゆく。血のこびりついた衣服を無造作に羽織り直すと、彼は刃を突き立てられたはずの己の胸部に手を当てて、低い声でじわりと嗤《わら》った。

「これは誰の企てだ。ああ、なんと無様なことよ。敵におくれを取ろうとは」

腹の内から嗤うのに、燻《くすぶ》る焔は消えやしない。むしろ風に煽られて、一層勢いを増してゆく。

「戦わなくては」

ぽつりとひとつ、呟いた。

「ああ、そうだ。俺は黄泉路に背を向けて、再びこの地に立ったのだから。戦わなくては。帰らねば。導かねば。栄えし我が萬景《ばんけい》の地を、食い荒らされてたまるものか」

暗闇であった。月のない夜《よ》であるのだろう。なんにせよ、こんなにも深い闇の内に身を置くなど、久しくないことであった。彼は衣服の襟元を正し、ふらりと周囲を見回して、——口元に笑みを浮かべた。

金色《こんじき》に光る何かがあった。闇を穿つ穴かのように、その金色だけが彼の視界に、ぽかりと浮かんでいるのである。

それが何かはわからぬが、随分、美味《うま》そうなにおいを漂わせているではないか。

（これを喰らえば、少しは餓えをしのげるだろうか、——）

得体の知れないそれに対し、恐る恐る手を伸ばす。今度ばかりは、手応えがあった。

卵であった。

何故だか彼にはそうとわかった。今にも生まれ出ようと、躍動する熱がそこにある。心地よい熱。——懐かしい熱。彼自身からは失せてしまったその熱が、しかし今、手にした卵の内には息づいている。

「おまえもきっと、生きたかろうな。……だが、」

そこに生命《いのち》を感じながら、手放してやることはできぬ。

「黙って俺の糧となれ」

有無を言わさず、そう告げた。

壱

すってんころり

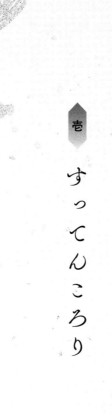

――赤琥《しゃくごう》七三三年 十月 朔日《ついたち》――


旅の法師がひとりある。姓は御晴野《みはるの》、名を刻雨《ときさめ》と云《い》う。

端的に言って彼は今、窮地に立たされていた。

秋の訪れを感じさせるこの頃、涼やかな風の吹き始めた礼黄《らいおう》の町は、大いに栄え、賑わいを見せていた。既に夕刻である。だがそこかしこに提灯が数多《あまた》吊り下げられ、人の多く行き交うこの町に、夜の帷《とばり》が下りることなどないらしい。萬景《ばんけい》の都たる凱玲京《がいれいきょう》から程近い、礼黄の噂はかねてより耳にしていたが、この賑わいは想像以上である。

熱心な呼び込みに連れられて、訪れた食事処の客座敷。そこで旅の青年――刻雨は、偶然相席となった見知らぬ男と向かい合い、旅の話を交わしているのであった。

「しゃらりと鳴る錫の音。風にはためく錦の五色流し。拓けた棚田の合間の道に見えた一行の姿は、まるで龍のようでねえ」

白髪交じりの男が興奮気味に語るのを聞き、「へえ、そうですか。それは、それは」と頷いてやる。

「職業柄、様々な土地へ赴くもんで、巡礼者の一行も、帝都へ向かう国守《くにもり》公鑑行列も、大抵のもんはこの目におさめたことがあると、そう思っていたんだがよ。いやあ、あの美しさは比にならん」

「へえ」と気もそぞろなまま、刻雨はまた、曖昧な相槌を打った。この男が語る内容に、興味を覚えないわけではない。だが今は、それどころではない心境にあったのだ。

（ああ、これは、……まずい。まずいぞ）

しっとりと味のしみた石焼豆腐を頬張った辺りから、実は薄々、嫌な予感はしていたのだ。己の懐に手を入れて、刻雨は、頬に乾いた笑みを貼り付ける。

懐にしまっておいたはずの銭袋が、なくなっていることに気づいたのである。

（町について早々、茶店《ちゃみせ》で団子をつまんだ時までは確かにあった。落とした？　そんなわけがない。なら、盗まれた？）

男の話に上の空で相槌を打ちながら、必死に、己の行動を振り返る。

刻雨が礼黄の町に辿り着いたのは、この日、昼を過ぎた頃のことであった。

きっちりと区画整備された町中に、ひしめき合うように建てられた長屋の群れ。大通りには店がずらりと軒を連ねており、駕籠《かご》を担いだ人足《にんそく》が、人々の合間を縫うように駆けていた。商人達が明るい声を張り上げて、我先にと己の店へ客を寄せ、多くの人々が行き交うその風景は、噂に違わぬ栄えようであった。

この三年間を旅に費やしてきた刻雨にとっても、ここまで賑わう町を訪れたのは、久方ぶりのことであった。だからついつい、浮かれ気味にあちこちを見て回り――気を緩ませてしまっていた。それは確かに認めよう。

だが、しかし。

（役所に届け出ようか。いや、俺の銭袋ひとつ、返ってくるとも思えない。そうだ、そ

れより当面困るのは）

胡座《あぐら》をかいた足をそわつかせ、目の前に置かれた膳を見て、ごくりと小さく唾を飲む。

てらてらと輝く吸い物に、旬の食材がふんだんに盛り付けられた、色とりどりの小鉢料理。店の者に薦められるまま頼んだ、まだ芳《かぐわ》しい湯気の昇る、ふっくらとした鯛煮付け。

渋々とはいえ、折角都会を訪れたのだ。今日くらい、精のつく物を食べてやろう。そう考えて食欲のまま注文した、先刻の己の思考に絶望する。そっと視線を向けてみれば、距離を置いてこちらをうかがう店員の顔があった。女将《おかみ》らしい女の眉はきりりとして、なにやらいかにも頼もしい。睨まれたわけでもなしに、刻雨はただ顔を伏せ、米を口内へかっこんだ。

悪意がなかったとはいえ、商い盛んな萬景で、タダ飯食いなど許されぬ。素直に申し出たところで、役人に突き出されるのがせいぜいであろう。旅の目的地である桑黄山《そうおうざん》まであと一歩というところで、面倒を起こしてなるものか。

「――なんでもその一行は、帝領《ていりょう》から派遣された千寿萬歳《せんじゅばんざい》の為の祭祀官だとか。今の萬景国守様は、御年十八の若さでおられるが、先代様に似て外交上手、更には政にも長けていらっしゃる。その功が認められ、瑞鏡帝《ずいきょうてい》が御自ら、此度《こたび》の祭祀を指示されたのだと、もっぱらの噂なんだよ」

興奮気味に語り続ける商人に対し、刻雨は、かろうじて頬に笑みを貼り付けた。

「しかし、……千寿萬歳には、まだ時期尚早なのでは？」

ひとまず話を合わせておく。

千寿萬歳といえば、新年に披露される除災芸能のことであったはずだ。秋の気配も色濃くなってきた頃合いとはいえ、暦は十月になったばかり。萬景の国土は帝領と隣り合う距離であるし、いくら何でも早くはないか。そう刻雨が問うてみれば、商人は酒で緩んだ赤ら顔に得意げな笑みを浮かべ、「それが、」と続けた。

「千寿萬歳に先んじて、病に臥せっておられる、国守新玉《あらたま》様の病気平癒を祈祷しにいらしたそうな。いやしかし、あんな雅な一行をご覧になれば、新玉様もさぞかしお喜びになるに違いない」

「というと、萬景王は、患っておられるのですか」

「ご存知でない？」

「はあ、すみません」

視線を彷徨《さまよ》わせ、ぽりぽりと頬を掻く。どうやら王の病のことは、周知の事実であるらしい。民に知れ渡るほどであるなら、かなり悪いのだろうか。

「ところであんた、格好から察するに法師様だろう。旅をしてるってことは、修験者かい？　珍しい形の鈴懸《すずかけ》だが」

「はい」と声が裏返る。続けて刻雨はもごもごと、「ええ、まあ」と曖昧に返事した。

正面に座る男の目が、興味津々といった様子で、脇に立てかけていた刻雨の鹿杖《かせづえ》に向いている。先程までは熱心に、己の見聞きした事柄を語って聞かせたのだから、今度は刻雨の話を聞かせろと、さだめしそういう事であろう。

修験者とは、各地の霊山を渡り歩き、修行を積むことで験徳《げんとく》を得ようとする法師のことである。刻雨がそういう類の立場であることは、羽織った鈴懸や結袈裟《ゆいげさ》から、ひと目見てすぐに想像がついたはずだ。ならば話も早いというもの。叶うなら、この男に助けを求めよう。そうと決めた刻雨は、脇に置いていた袈裟袋を己に寄せると、出来る限りの誠実さを装って、いくらか男に頭を下げた。

「ご挨拶が遅れました。御晴野の刻雨と申します。若輩ながら、白牙法師《はくがほうし》を目指して修行の旅を続けている次第です」

「白牙法師とは！」男の機嫌は上々である。その声色を聞き、刻雨は内心、ほっと安堵の息を吐く。

白牙法師。牙獣《がじゅう》と呼ばれるあやかしを操り、生者に害をなす幽鬼を祓う術士のことである。その多くは諸国を周遊し、行く先々で人々を護り暮らしている――と、それだけであればいかにも正義の味方じみて、大抵の場では歓迎されるように思われよう。だが往々にして、そう旨くはいかないのが世の中だ。

幽鬼を祓う法師にも、その祓い方や歴史によって、複数の宗派が存在する。中でも、代々白牙法師を輩出してきた御晴野の磐座《いわくら》は、北域の霊場の流れを汲む宗派である。それに引き換え萬景を含む西域では、古都誓笸京《せいぜいきょう》で方術や祭祀を生業《なりわい》としていた、陰陽寮の流れを汲む宗派が幅を利かせているのだ。その内にも幾つか派閥があるが、特に声聞《しょうもん》法師《ほうし》などは、帝領に君臨する瑞鏡帝の息がかかった一派であるから、この界隈では神仙の如き扱いとさえ聞いている。

西域では、白牙法師など他所者《よそもの》に過ぎぬ。その上、式神や霊符を扱う陰陽寮の一派と違い、白牙法師の祓い方は些《いささ》か特殊であるため、土地柄や世代によってはその特異を野蛮なものと揶揄されることもあると聞いている。だから、――旅先で身の上を明かすのは、一か八かの賭けでもあった。

「白牙法師と言えば、幽鬼を祓い人々を助ける立派なお務めだ。まだお若かろうに、天晴れなことです」

「いえいえ、私などは、不肖の見習いに過ぎませぬ。今は頼りの牙獣もなく、ろくに食い扶持も稼げぬものですから、今宵の宿すらない始末で、」

すかさず謙遜してみせるものの、愛想良く笑う、相手の男の声は明るい。

（……あわよくば、）

あわよくばこの男から、礼黄に滞在する間の宿を得られぬだろうか。いや、あまり欲はかかぬほうが良かろう。一泊で良い。あるいはせめて、この場だけでも、一言、奢ると言ってもらえたなら――

「私も昔、ある白牙法師に救われたことがございましてな。諸国を遍歴し、身を粉にして幽鬼から人々を助ける姿に、感銘を受けたものです」

「左様でしたか！　先達《せんだつ》の活躍を耳にできるとは、嬉しいことにございます。私もそのような法師となれるよう、精進したく存じます」

「それはいい。――ところで、刻雨殿」

　にこにこと笑みを浮かべたこの男が、ずい、と顔を寄せてくる。

「先程ご自分を見習いであると、……牙獣をお連れではないと、そう仰いましたね。確か、過去に私を救ってくれた法師様は、巨大な体躯の虎のような牙獣を従えていらっしゃり、その虎の力を借りて幽鬼を祓っておいででした。牙獣を持たぬ白牙法師見習いはつまり、まだ、幽鬼と戦うことはできない……ということなのですかな」

　この男、実際に会ったことがあると話すだけあって、なるほど、白牙法師のことをそれなりに知っている様子である。

　白牙法師を目指す者は、幼い頃より魂の一部を亜鬼石《あきせき》に預け、牙卵《がらん》と呼んで孵化させる。この魂の伴たる牙獣を得ることが、一人前の白牙法師となるための必須条件であり、刻雨のような見習いは、牙卵を孵化させ牙獣とするために旅をするのだ。

「あ、いえいえ、そういうわけではございませぬ」

　この場はなんとかして、男の機嫌をとらねばならぬ。明るい口調で笑顔を貼り付け、刻雨は続けてこう話す。

「牙獣がおらずとも、呪を扱う術をいくらか身に付けております。まあ相手にできるのは、せいぜい低級の幽鬼に限られますが、全く戦えぬというほどではございません」

そう、見習いだってそれなりに、社会の秩序を守るため、陰ながら一役買っているのである。だからどうか、ここは助けてくれまいか。一献酌でもするべきか？　どうしたらおまえは、一言「奢る」と言ってくれるのだ。

心中の必死さを隠そうと、にへらと笑う刻雨に、相手の男もにこりと笑う。しかし。

その時になって、気がついた。これまでそれぞれの会話に花を咲かせていたはずの周囲の人々が、——じっと、刻雨達の会話へ耳を澄ませていたことに。

「へ、」

思わず間抜けな声を上げ、皿を置いて腰を浮かす。立ち上がろうとする刻雨の袖を、ぐいと掴む腕があった。先程まで人のいい笑みを浮かべ、刻雨と会話していた、商人の男の腕である。

「ようやく法師を寄越したかと思えば、見習いたぁどういう了見だ」

怒りのこもった、低い声。わけのわからぬ刻雨は、蒼白となり息を呑む。

「あの、なにか、お気に障ることでも、」

「気に障るだと？　それを聞きたいのは俺達のほうだ」

「数日前から酉峠道《ゆうかどう》に、人型の幽鬼が棲んで離れねえ。あの道は港のある斉帕《せいはく》から礼黄、ひいては凱玲京を結ぶ、萬景国内の主要交易路のひとつだ。あれが塞がれたんじゃ、こちとら商売あがったり。至急、法師を派遣してくれと陰陽寮へ申し入れてるってのに、どうにかすると言ったきり、梨の礫《つぶて》ときたもんだ」

陰陽寮。やはりなにか、勘違いをされている。萬景の国では、民衆にとっての法師といえば、陰陽寮の配下にある者達のことを指すのであろう。だが白牙法師は、そもそもの指揮系統が違う。彼らがどれだけ陰陽寮に訴えようと、刻雨には知りようもないのである。

「あの、お、お力になりたいのは山々ですが、この町へは、道中通りかかっただけでして、そのう、……派遣依頼のことも、はて、一体何の事やら、……。それに人型の幽鬼というのは、大抵強い恨みを遺して死んだ魂から生じるのでございます。ええと、平たく言うと物凄く強いわけでして、私の身には余る相手と申しましょうか、」

「知ったことか。あんたは白牙法師で、俺達は今、法師の力を必要としているんだ」

「や、しかし私は見習い、」

「相手が熊や猪なら、自分らだって知恵を絞って、やるだけのことをやるだろうよ」

「だが此度の相手は幽鬼。あれに対抗するためには、おまえさんら、法師の力を借りにゃあならん」

次々に言い募る男達が、刻雨の腕を、脚を掴んで放す様子もない。皆一様に、目が据わっている。「ひえ」と情けない声を上げ、助けが得られるあてもないまま顔を上げれば、一部始終を眺めていた女将と目があった。頼む、どうにかしてくれまいか。刻雨が視線で訴えれば、女将が小さく息をつく。

「ちょいとおよしよ、お客さん達。お若いのが泣きそうだろ」

「女将。だが、この機を逃す手はねえだろう」

「法師だろうが商人だろうが、うちにとっちゃあお客のひとりに違いないからね。ほら見習いさん、これ以上絡まれたくなかったら、さっさと帰んなさいな。けど使えない法師なんか、この町じゃ歓迎されないよ」

ひらりと差し出された女の手に、為す術《すべ》もなくにへらと笑う。刻雨の飲み食いした分、金を払って出て行けということだろう。できることなら刻雨だって、提案のとおりにしたいのだ。

払える金が、あったなら。

刻雨の笑みに、察するところがあったのだろうか。女将もにこりと微笑むと、手のひらを返し、容赦ない声でこう言った。

「客じゃないってんなら、話は別だがねえ」


「――だからって、その日の内に追い立てなくても！」

左手に握りしめた鹿杖を、力任せに振り回す。そうして刻雨は右手に提げた提灯を翳《かざ》すと、憚《はばか》りなく大きな溜息をついた。平手打ちされた頬が、熱を帯びて痛みを訴える。恐らく腫れているのだろう。どうしたことか路銀を失い、無一文だと伝えたところ、女将から一発お見舞いされたのだ。

「人々を護る法師の見習いさんが、まさかタダ飯食いとはね」

それまでに絡んできていた男達など比較にならぬ、凄みを利かせた低い声。軽蔑の眼差しで刻雨を見る、その顔つきがどんなに恐ろしかったことか、しばらくは忘れられそうにない。記憶の中の光景に肝を冷やし、しかし改めて己の置かれた状況を思い出すと、刻雨はまたぶるりと肩を震わせた。

先程まで食事を摂っていた礼黄の町から、港町斉峋へと続く、桑黄山西峠道。人々を悩ませる幽鬼が棲みついているというその現場で、刻雨はたったひとり、道から逸れた山中を掻き分けながら進んでいる。

飲食代の支払い代わりに、急ぎ幽鬼を祓うようにと追い立てられ、山へ立ち入ったのが、既に二刻半ほど前のこと。身分を示す通行手形を担保に奪われてしまった手前、逃げ出すこともできないまま、ひとりでここまでやってきたのである。

「これだから、西へ来るのは嫌だったのに、……」

泣き言を言っている場合ではない。そういう理解はあるものの、刻雨はつい、己をこの地へ向かわせた一通の便りのことを、恨みがましく思い返した。

既にひと月前のこと。夜《よ》ごと耳にする虫の音が、涼やかな響きへ移り変わってゆく頃に、烏《からす》が届けた便りには、こう綴られていた。曰く——、

＊＊＊

御晴野 刻雨 殿

夜ごとの虫の音に、深まりゆく秋を感じる頃となりました。貴殿におかれましては、変わらず健勝でお過ごしでしょうか。

刻雨殿が御晴野の磐座より俗世へ降《くだ》られてから、紅葉《こうよう》の季節を迎えるのも、かれこれ三度目となります。旅の暮らしにも、もうすっかり慣れておいでのでしょうね。ひとり旅だからと羽を伸ばし過ぎ、鍛錬を怠っているのではないかと、劒日女《つるぎひめ》様が案じておられますよ。

人々に害をなす幽鬼の跋扈《ばっこ》する現世《うつしょ》において、弱きを幇《たす》ける白牙法師たれ、との日女《ひめ》様のお言葉、ゆめゆめお忘れなきように。


さて、此度は貴殿にお願いしたいことがあり、便りを差し上げる次第となりました。日女様たってのご希望により、当年の山護叩扉《やまもりこうひ》のお役目を、貴殿に務めていただくことに相成りました。つきましては、萬景領内にある桑黄山へ赴き、山護たる天狗御神《てんぐみかみ》の妙薬を得ていただきたいのです。

ここしばらく、西域において霊場の不審な乱れがあるとの報《しら》せも入っています。叩扉の折、周辺の土地へ立ち寄りよく見聞し、そこで何が起こっているのか、情報を持ち帰ってくださることも期待しています。

各地を旅する法師を差し置き、見習いたる貴殿に任せよとの日女様のお言葉、けっして無下にはなさいますな。

叩扉ののち、磐座へ戻られる折には、変わらぬ元気な姿をお見せ下さい。

赤琥七三三年九月二日　御晴野 華南《はなみ》

＊＊＊

山護とは、各地の霊場を護る土地神のこと。これを訪ね、霊験あらたかな品を得て、年のはじめに白牙法師の総本山たる御晴野の磐座へとそれを祀るのが、山護叩扉というお役目である。名誉なお役目だが、常であれば牙獣を得た一人前の白牙法師にこそ任されるべき務めのはずなのに、何故だか本年は、見習いに過ぎぬ刻雨にやれという。

なんと難儀な仕事を申し付けられてしまったものかと、便りを読むなり眩暈《めまい》がしたのを覚えている。断りたいのは山々であったが、しかし文面からはけっして断らせぬという、先方の強固な意志が読み取れた。

なんにせよ、他ならぬ劔日女から与えられたお役目とあっては、そこにどのような思惑があろうとも、刻雨に断る権利などない。それで渋々、こうして旅してきたのである。

それなのに。

（何が弱きを幇ける白牙法師だ。法師の力など持たぬ民草のほうが、俺なんかよりよほど強《したた》かなのに）

御晴野からの便りを思い出し、心の中でケチをつける。

（大体、俺の事情はよくご存知のはずなのに、何故、西域になど……。剱日女様のお考えは、俺にはどうもわからない）

齢《よわい》百をも超えるという、御晴野の磐座の総元締め。それが剱日女である。諸事情あって、彼女は刻雨の養親でもあり、恩人でもあるのだが、楚々と振る舞うこの老女の本心は、刻雨ごときに推し量れようはずもない。

――さあおいでなさい。おまえは今日から御晴野の子。おまえに御晴野の名と、新しい生き方を授けましょう。ほら、そんなに怯えないで。大丈夫。わたくしにはちゃあんとおまえのことが、人間に見えておりますよ。

きゅっと口元を引き結び、大きく深い溜息を吐く。

（山護は幽鬼の穢《けが》れを嫌う。何にせよ幽鬼を祓ってしまわないことには、天狗御神のもとを叩扉するのも難しいだろう）

予定外の事態ではあるが、まずは町人達の望みのとおり、幽鬼を祓うことに専念しよう。そう考えて頭上を見上げ、泣き出しそうに息をつく。月がない。こんな夜は視界が悪いばかりか、幽鬼の放つ腐気も霊力も増しているはずだ。まったく、どこまで運がないのだろう。

（幽鬼の身の丈は凡《およ》そ六尺と聞いたから、大の男よりやや大きい程度か。となれば、幽鬼の元となった人間は、多くて二人か三人程度。……人の行き来のある山道だ。そのくらいの人数なら、何らかの事故なり、物盗りなりで、人死にがあってもおかしくない）

幽鬼とは則《すなわ》ち、現世に何かしらの未練を残して死した者の成れの果てである。人であった者は人に近しい姿、獣であった者はその獣に近しい姿を朧気《おぼろげ》に成すものの、多くは生前の姿とかけ離れており、個人が特定できるほど、形を残す事など滅多にない。そうして化け物と化した死者の魂は、ただ曖昧に残された未練——多くは怨恨や、生者への羨望——だけを核とし、無差別に生者を襲うのだ。

（ここに現れる幽鬼は、人型……）

考えて、ごくりと静かに唾を飲む。人型の幽鬼は、往々にして強大な力を持つものだ。理由は単純明快で、幽鬼の力の強弱を決めるのは、ひとえに幽鬼が持つ未練の強さであるからだ。

生への欲求がある以上、どのような獣であったとしても、死の間際に未練を残すことはある。だが我欲を持ち、私怨を抱く人間という生き物の残す未練は、その比較になどなりえない。

できる限り音を殺して歩みを進めつつ、斜め掛けした袈裟袋へと手を伸ばす。呪を刻んだ黄の竹簡。その感触を探り当てると、刻雨は数本、右手の袖へと忍ばせた。

白牙法師とは則ち、牙獣と呼ばれるあやかしを操り幽鬼を祓う者。では牙卵の孵化を待つ者は、如何《いか》に幽鬼と戦うのか。その答えが、これである。

(人型の幽鬼と戦うのは初めてだが、六尺と思えば勝算はある。まずは竹簡に刻んだ呪で幽鬼の脚を地に貫き止め、数珠で動きを封じてから、――俺の牙卵に、幽鬼の肝を喰わせる)

幽鬼とは移ろう者、生を失い曖昧な者。生者の理《ことわり》とはかけ離れた幽体を持ち、目で見ることも触れることもできるものの、斬りつけ首を落としたところで、これを祓ったことにはならぬ。だから白牙法師は、幽鬼と戦い隙を突き――、その核となる肝を、牙獣、もしくは牙卵に喰わせるのだ。

(力のある幽鬼を喰わせれば、それだけ牙卵の力も強まる。……今回の祓いを成功させれば、俺の牙卵も孵化するだろうか)

危険を伴う幽鬼退治など、常ならば、刻雨の信条にはそぐわない。己の力量を見定め、手に負える範囲で幽鬼を祓う。それが刻雨のやり方である。誰かが困っているからと、そうおいそれと首を突っ込んでいたのでは、命がいくつあっても足りはせぬ。

――わたくしは聖人ではないからね。単なる善意から、おまえを助けてやることはできないよ。

まだ幼い刻雨の髪を撫で、御晴野の剱日女が穏やかな声で説いたのを、何故だか今、思い出す。

――だがおまえが、人として生きたいと望むなら、手を差し伸べてやることができる。

あれから既に十年が経ち、刻雨ももう廿歳《はたち》となる。自ら望んで御晴野の磐座へ入ったわけでもなし、旅に出てからもけっして、白牙法師としての修行を真面目に励んでいたわけではなかった。

だが最早、自由を奪われ怯え暮らしていた、あの頃の自分のままではない。

――聖と俗、二つの血筋を受け継ぎながら、どちらにもなれぬ根無し草。

――加護を与えることもかなわず、祟りを振りまく厄介者。こいつの相手をする者など、事情を知らぬ人間だけ。

ぎり、と奥歯を噛みしめて、鹿杖を持つ手に力を込める。

(牙卵が無事に孵化すれば、俺に課せられた祟りも御しやすくなるだろうと、剱日女はそう言った。牙獣を手に入れたら、――見習いの身を脱したら、俺は、)

今度こそ。

今度こそ、ほんとうの意味で、人間として生きられる。

(そう、ただの、……人間に、なる)

ちり、と胸に走る小さな痛みに、足を止める。この痛みはなんであろう。暗闇の中に揺蕩《たゆた》うような、このわだかまりはなんであろう。痛みを感じる必要など、わだかまりを覚える必要など、少しもないはずなのに。

(今更、何を迷ってる)

迷うな、と自分に言い聞かせる。迷う余地などないはずだ。

他に道などないはずだ。

刻雨は既に、選んだのだから。

その時ふと、ぴりりと肌を刺す不穏な気配を感じ、刻雨ははっと灯りを掲げた。息を潜めて周囲を見回し、じっと様子をうかがってみる。件《くだん》の幽鬼のお目見えだろうか。だがそれらしき姿は見当たらない。

耳を澄まし、四方に意識を集中する。静まり返った山中に、聞こえているのは夜風の吹き抜けてゆく音ばかり。緊張のあまり、過敏になりすぎていたのだろうか。細く息をつき、額の汗を手で拭う。そうしてから刻雨は、「大丈夫」と何度か己に言い聞かせた。獣型ばかりとはいえ、刻雨だってこれまでに、幾多の幽鬼を祓ってきたのだ。相手が人型であろうが、同じようにすればいいだけだ。

そういえば、そろそろ星の位置を確認しておかなくては。道から逸れた山中で、迷子になっては話にならぬ。そっと顔をあげて空を仰ぎ見、しかしその違和感に、刻雨はつい、眉を顰《ひそ》めた。

星が見えぬ。

月明かりが邪魔をしない分、先程まではちかちかと、頭上に星が満ちていた。山中ではあるが、木々の葉は空を覆いつくすほどではない。では何故か。木々ではない、別の何かが、刻雨の頭上を覆っているのだ。

煌めく星はそこにない。しかし、――ぎらりと輝くものと、目があった。

「――え？」

声が音をなしたのか、刻雨にはわからない。ただ刻雨の身体は金縛りにでもあったかのように、その姿勢のまま凍りつく。

すぐ頭上に、こちらを覗き込む人影があった。人影。そう、人影だ。丸い頭にすとんとした肩。まばらな髪をだらりと垂らしたその影は、刻雨を見下ろす形でそこにいた。赤ん坊のごとく四つん這いになった身体は、額の先から顎まで、つまりその顔の大きさだけで、刻雨の身の丈と等しいとさえ思われるほどに、――巨大である。

「ア、アァ、ア、ア」

頭上の顔が口を開け、言葉にならぬ呻き声を上げる。唇のない、半ば腐り落ちた肌。落ち窪んだ眼窩《がんか》から、ぶらりと垂れた目玉がひとつ、確かに、
刻雨の姿を、捉えていた。

「ひっ」

そこでようやく声が出た。全身に汗が噴き出していたが、刻雨の中の正常な精神が、それでも「逃げろ」と声を上げる。はっとなった刻雨は――、咄嗟に幽鬼へ背を向けて、闇雲にその場を駆け出した。

（町人達の話では、幽鬼の身の丈は六尺ほど、……話が違う、こんな巨大な幽鬼が出るなんて、誰も、一言も）

町人達が、示し合わせて嘘を語ったのであろうか。だがそんな事をしたところで、彼らに利などありはせぬ。呼気を弾ませ必死になって駆けながら、己の鼻を覆うように手をかざす。

(臭気が酷い)

幽鬼にまだ、人間臭さが残っている。つまり死後、たいして時が経過していない証拠である。――それにしても。

(この巨体、……ここで一体、何人死んだ)

「ヒィ、……モ、ジィ、ハラ、へ、タ」

男のものとも女のものとも判断がつかぬ、絞り出すような幽鬼の声。

ひもじい。

人型であろうがなかろうが、大抵の場合、幽鬼は常に餓えている。正確に言えば大概の幽鬼は、己に残った未練を、餓えであると錯覚するのだ。

既に手放してしまった生の実感、具体性を失った怨恨を晴らそうと求める欲求を、肉体の餓えと誤認する。だがあくまでも、誤認は誤認だ。幽鬼は手当たり次第に生者を喰らい、腹を満たそうと行動するが、――何を喰ったところで、けっして満ち足りることなどない。

近くの茂みでした音に、はっとなって息を呑む。どうやら近隣の木々で羽を休めていた鳥達が、一斉に羽ばたいたらしい。彼らも危険を察知し、この場を逃れようとしたのであろうが、すぐさま幽鬼に捕らえられ、一口で頬張られてしまった。ばり、ごり、と骨を噛み砕く音。刻雨とて他人事《ひとごと》ではない。

これほどの巨体と戦って、勝てよう見込みなどないのだから。

「嘘だろ、こんなところで、こんな風に、俺は、――俺は、」

動け、走れと己の足に命令する。身体は尚も強張っていたが、なりふり構っていられなかった。耳元で、ひゅっと風を切る音がした。背を向けて駆ける刻雨には、何が起きたかすぐには判じ得ず――、それが刻雨に向かって幽鬼の腕が伸ばされた音であったと気づいたのは、一拍遅れた後のことだ。

杉の木ほどもあろうかと思われる太さの腕を、視界の端に捉えていた。しかし咄嗟に避《よ》けきれぬ。脚絆《きゃはん》を穿いた脚がもつれ、転倒してその場に膝をつく。

喰われる。

――お外へ出たいだなんて、おまえはどうしてそんな我が儘を言うの？　お外は駄目よ。お外は駄目。この部屋を一歩でも出ようものなら、そこは、恐ろしいもので満ちているのだから。

剱日女のものとは違う、記憶の中の甘い声。ああ、うるさい、黙っていろと、心に醜い波紋が浮かぶ。

「俺は、」

咄嗟に体を捻り、袖の内に忍ばせていた竹簡数本を、虚空に向けて投げつける。そうして刻雨は己を鼓舞するように、腹の内から声を上げた。

「雲《くも》、霧《きり》、室《むろ》、苔《こけ》、負《お》ふ為《せ》よ、——秋冬《しゅうとう》の呪、散！」

声に合わせて竹筒が、爆音と共に弾け飛ぶ。幽鬼が怯んで仰け反ると、刻雨は再び駆け出した。

（あれじゃ、足止めにもならない。今のうちに少しでも、距離を稼がなくちゃ——！）

袈裟がずり落ち、はだけていたが、それを整える暇もない。纏《まと》った衣服には土が付き、鹿杖を握りしめた左手の手甲《てっこう》は擦り切れていたが、幸い深い傷ではなさそうだ。提灯を落としてしまったのが痛いが、目を凝らして進むより他にないだろう。

（近年の萬景の地は治世も安定。都たる凱玲京に近しい地域は泰平そのものだと、そう噂に聞いてきたのに）

礼黄の町の栄えぶりを見た限り、前評判は嘘ではなかった。ここ数年は他国との戦や内乱があった話も聞かぬし、凶賊が出るという噂もない。だがそれなら、あの幽鬼は何だというのだ？　現世に未練を残し、死した亡者の成れの果て。あれほどまでの巨体となるには、数十もの魂が集ったのでなければ説明がつかない。

この山で、恐らく何かがあったのだ。

額の汗を乱暴に拭うと、袈裟袋へまた手を入れる。戦う気などさらさら無いが、逃げるためには武器が必要だ。じゃらりと鳴る数珠をかけ直し、竹簡を引っ張り出そうとして指先へ触れた感触に、刻雨は奥歯を噛みしめた。

どくりどくりと脈を打つ、ぬくもりのある丸い塊。刻雨の魂の一部を譲り渡した、いまだ物言わぬ獣の器――牙卵。

（幽鬼の気配に反応したか）

常であれば黙して動かぬその塊が、やけに活発に脈を打つ。ああ、これもまた餓えているのだと思えば、刻雨の頬に冷ややかな笑みが浮かんだ。幽鬼が生者を喰うように、牙卵は幽鬼を貪り喰う。だが牙獣とは異なり、牙卵は自ら戦えぬ。法師見習いが弱らせた幽鬼を、貪ることしかできぬのである。

この牙卵は待っている。刻雨が目の前の獲物を祓い、餌として与えるのを。

――おまえはいいよなあ。何の意思も持たず、何も考えず、ただそうやって微睡《まどろ》んでいるだけで、おまんまにありつけるんだから。

脳裏に蘇ったその言葉に、ぎりと奥歯を噛みしめた。

「……おまえも早く、己の牙で、喰らうものを選びたかろうな」

呟く。

だが生憎《あいにく》、今はその時ではない。

身を隠すため、木々の合間へ飛び込むのだが、枝葉に道を阻まれる。それでも掻き分けて進むうち、背後から何やら、雄叫びのような声が聞こえてきた。青ざめた顔でちらと振り返れば、たいして距離の離れぬ場所に、先程の幽鬼の姿が見えている。よく見れば、壊《やぶ》れた鎧兜を身にまとっているようだ。となると、元となった人間の多くは、武者であろうか。

　がくりがくりと首を揺らし、四つん這いになって迫り来るその影から、必死に駆けて距離を取る。暗い夜道を見据えれば、何やら岩のごろごろとした、段差があるのに気がついた。山崩れの跡だろう。かなり急な斜面だが、断崖というほどではない。これを滑り降りれば、少しは距離を稼げるだろうか。

　試す価値はある。怪我は免れぬとしても、喰い殺されるよりずっと良い。

　駆ける脚は止めず、荷の中から長筒を出すと、細く割いた赤の竹筒を差し入れた。その端に口を宛がって、一瞬だけ振り返る。吹き矢の要領で吹きつければ、勢いよく飛び出した竹筒は一直線に幽鬼へと向かい、爆《は》ぜた。

　音に幽鬼が気を取られた、その瞬間。刻雨は斜面を飛びいでて、崖の下へと半ば滑り落ちるように、駆け出した。

（俺は、）

――それを亜鬼石に喰わせれば、おまえに課せられた祟りも、いくらか鎮めることができるだろう。けれどその代わり、おまえは力の多くを失うよ。それでも、後悔しないと誓えるね？

（それでいい。力など要らない。俺は、――俺が欲しかったものは、）

　ひゅっと空気を震わす音。幽鬼が伸ばしたその腕が、腹の辺りを掠めてゆく。同時に走った激痛に、刻雨はくぐもった悲鳴を上げた。

頭の中が真っ白になり、足を取られて転倒する。しかし傾斜を駆けていた身体は咄嗟に止まらず、童に遊ばれる鞠の如く、肩で地を跳ね、落葉が敷き詰められた斜面を転がり落ちてゆく。

その視界にほんの一瞬、手元から滑り落ちるなにかの影を、捉えていた。

身につけていた袈裟袋。どくりと脈打つ音を聞き、刻雨は目を見開いた。放り出された包み布から、半ば覗いた赤黒い球。暗闇の内で身じろぎするかのように、静かに胎動し続けるそれは――、

「牙卵、」

痛みも忘れて手を伸ばす。だが指先が、ほんの僅か、届かない。

斜面へ身体を投げ出され、そこを転がり落ちながら、天地左右も判ぜぬまま、木の幹や飛び出した根に嫌と言うほど身体を打った。抗いようもないまま落ちて、落ちて、そのうち拓けた場所に投げ出され、それでようやく身がとどまる。

視界がぐらぐらと明滅した。すっかり息が上がっていた。

「牙卵、どこへ、……」

立たなくては。牙卵を捜しに行かなくてはと藻掻《もが》くのに、熱を持って疼く腹の傷に気をとられ、身体を起こすことすらままならない。

「いやだ」

朦朧《もうろう》とする意識のうち、しかし口をついて出た言葉の意味を、己自身で咀嚼する。一

体何が、嫌だというのか。

こんな夜更けの山中を、傷だらけになって駆けること。

強者から、為す術もなく逃げること。

唯一の頼りである、魂の伴たる牙卵を見失ったこと。

それだけではない、それだけでは。

たった今、己が転がり落ちてきた方角から、轟《とどろ》くような地の鳴る音。幽鬼が追って来たのであろう。やっとのことで顔を上げれば、がさりと繁みを掻き分けて、件の幽鬼が顔を出す。そしてそれは今度こそ、ぐったりと横たわる刻雨の足を掴んでつまみ上げ、巨大な口を開いてみせた。

腹に空いた傷口が、山中を転がり落ちながらこさえた無数の青痣が、痛みに悲鳴を上げている。逆さで吊られる形となり、腹からどろりと血が落ちた。

「いやだ」

再びそう呟いた。既に意識は薄らいでおり、譫言《うわごと》に近い言葉であった。

「自由を知らぬまま、……しにたくない」

ぽつりと言葉がこぼれ落ちた、——その時。

がさりと、背後からまた繁みを掻き分ける音。幽鬼もそれに気づいたのだろう。刻雨を手にぶら下げたまま、巨体が音を振り返る。その間にも繁みからは、がさりがさりと確かに音が続いている。

音は草木を掻き分けながら、真っ直ぐに、刻雨達のほうへと向かってくる様子である。人か、獣か、――いや、獣のはずはない。獣であれば、この場の危険を嗅ぎ取って、近付こうとはしないだろう。だがそれなら、この音は。

「おやぁ。どうやら、不穏な場面へ出くわしちまったみてえだな」

まだ年若い、男の声。

驚いた刻雨が目を見開いた先に、その男は現れた。

刀を腰に帯び、濃色の裁付袴《たっつけばかま》を穿いた武者姿。身につけた装束には何かしらの染みが浮き、くたびれてはいるものの、立ち居は颯爽として小気味よい。

ひとつに結った、男の長い黒髪が、夜風に流れ融けてゆく。暗がりのため、顔は判別できなかったが、その口元がにやりと笑んだことだけは、刻雨にもしかと判ぜられた。

「さっきのと似た金色《こんじき》だ。何やら今度は随分でけえな。これだけ食えばこの空腹も、ちっとばかりはおさまるか」

腰に帯びた刀を、男がするりと引き抜いた。きらと輝く白刃を見て、刻雨は小さく息を呑む。

(いけない、……)

幽鬼に刃は通用しない。そのことを、男は知らないのであろう。刀で斬りつければその一時、幽鬼に傷をつけたように見えるものの、幽鬼はすぐさま元の形を取り戻す。ただ斬りつけるだけでは、幽鬼にとどめを刺すことはできないのだ。

警告しようと口を開き、しかし刻雨は喉元へ回った己の血に噎《む》せこんだ。腹の傷がいよいよもって熱を帯び、刻雨を苛《さいな》んでいる。そうする間にも、男は躊躇《ちゅうちょ》なくこちら へ駆け、真っ向から刀を振りかぶった。

次の瞬間。

闇をつんざく叫び声。それが幽鬼のものであると刻雨が気づいたのは、己の身が宙を舞い、地面に強く打ちつけられてからのことである。身を丸めて激しく咳き込み、しかし刻雨はやっとのことで顔をあげると、――信じがたい光景に、目を瞠《みは》った。

先程の男が刀を振り下ろし、幽鬼の顔を裂いていた。表面を裂いただけだ。しかし幽鬼は確かに手傷を負い、裂かれた肌から黒い霧血《むけつ》を噴出する。一刀では斃《たお》せぬようだと判じたのであろう。男は一度体勢を整えると、しかしすぐさま、今度は足へ斬りつける。

幽鬼特有の黒い血が、飛沫《しぶき》を上げて闇に散る。返り血を大いに浴びながら、男は微塵も怯まない。唖然とその様子を見守る刻雨をよそに、彼は仰向けに倒れた幽鬼の巨体へ飛び乗ると、その胸へ刀を突き立てた。

断末魔の叫び声が、夜の山中に響き渡る。

しかし闇を裂くような不快な声も、そう時を経ず掻き消えた。男が幽鬼の胸元へ手を捩《ね》じ込み、その肝を抉り出したからだ。

肝。生者の理とはかけ離れた幽体を持つ、幽鬼の心臓部分である。どくりどくりと脈打つそれは、しかし靄《もや》のように曖昧な形でそこにある。

「お、まえ、一体、……」

朦朧とする意識をやっとの事で定めながら、身体を起こそうと足掻く刻雨に、「やめとけ」と、軽い口調で告げたのは例の男だ。男は左手に幽鬼の肝を握りしめたまま、刻雨のそばへと歩み寄る。

「おとなしくしてな。その酷い怪我で下手に動いて、臓物《はらわた》飛び出しても知らねえぞ」

あれ程巨大な幽鬼を、いとも簡単に斬り伏せた。もしやこの男も、法師なのだろうか。刻雨の知らぬ、新手の一派なのやも知れぬ。

すらりと伸びた手足に、青年らしくほどよくついた筋肉。衣服にはべっとりと幽鬼の返り血が染みていたが、その立ち居は上流の武士の如く力強い。

しかし。

その顔をようやく覗き見て、男の思わぬ容貌に、刻雨は色を失った。

にやりと上がる口角に、笑んでいることはすぐに知れた。だがそれ以上のことはわからない。目元は柔らかいのか、鋭いのか、鼻は高いのか、低いのか。人の顔にはその人物の性格や気質が表れると聞くが、この男の人相を読むことは、いかなる人間にとっても難しいだろう。

男の顔はその口元以外、つるりとして、——目も、鼻も、ないのである。

「のっぺらぼう、……」

震える声で呟けば、男はちらと刻雨を見下ろし、怪訝そうに首を傾げてみせた。だがすぐさま気を取り直した様子で、己の手の内にある、幽鬼の肝をじっと見る。そうしてその顔に唯一張り付いた口を大きく開けると、——躊躇なく、それへと齧《かじ》りついた。

事態が飲み込めないまま瞠目する刻雨の前で、男の喉仏が上下する。

喰《は》んでいる。幽鬼の肝を。

まるで白牙法師の使役する、牙獣の如き行いではないか。そう考えてはっとする。どこかすぐ近くから、馴染みのある鼓動の音が聞こえた気がしたのだ。

「さて……。おまえさん、随分手酷くやられたみてえだな。ああ、ほら、動くなって。手当はできねえが、何か手立ては考えてやる。案ずるな。この俺が拾ってやったんだ。悪いようにはしやしねえよ」

どくり、どくりと鳴る鼓動の音。刻雨の鼓膜にのみ響く、伴たる牙卵の息吹の音。

「牙卵、……俺、の、」

声になるかならないか、わからぬほどの言葉であった。だが男はぐったりと横たわる刻雨のことを邪険に扱うわけでもなく、ひょいと脇へしゃがみ込むと、親しげに声をかけてくる。

「卵《らん》？　ああ、あれはおまえの物だったのか。悪いが、俺が喰っちまった。代わりにこの場は、俺がおまえを助けてやる。それで手打ちにしてくれねえか」

男が刻雨の手を取って、己の胸へ押しあてる。そこに馴染んだ、鼓動があった。

意識が薄れて思考が彷徨う。男が話を続けたが、刻雨の耳には最早届かぬ。目の前がやけに暗いのは、空の闇が深まったためであろうか。それとも。

「俺は稜賀《りょうが》の新玉。見たところ旅の人間のようだが、萬景の国にいりゃあ、この名を聞いたことはあるだろう。……どういうわけかは知らねえが、俺はどうやら、おまえの牙卵とやらに命を救われたらしい。城へ帰りゃあ蓄えがある。褒美におまえの望むもの、何かくれてやっても良い」

手元に残っていた幽鬼の肝を、男がむしゃりと咀嚼する。意識が閉ざされてゆくのを感じながら、刻雨はただその音を、抗うこともできずに聞いていた。

「しかしおまえの金色は、こいつと違って美味だったなあ」

弐

ぴっしゃん

―― 赤琥《しゃくごう》七二三年 八月 十日 ――

「さあさあ、見てってくんな！　こいつは珍しい、獣憑きの子供だよ！」

　煩わしい喧騒に、負けず劣らずの呼び込みの声。それを聞きながら、彼はぼんやりとした意識の中、うっすらと目を見開いた。薄闇。体の節々に痛みを感じて身動《みじろ》ぎするものの、背で縛られた両腕は彼を閉じ込める檻の桟へと固く繋ぎ止められており、膝を曲げて座った状態から、身体を横たえることすらできやしない。

　酷く暑い日のことであった。止めどもなく流れる汗が、額を、背筋をなぞってゆく。喉が渇いた。手足を伸ばしたい。横になって眠りたい。些細な希望は胸によぎるのに、思考は少しも定まらない。何故、いつまで、何のために。悲哀と共に浮かぶ疑問すら、長くは脳裏にとどまらなかった。

　竹で編まれた檻の中。見栄えばかり良いごわごわとした衣装を着せられているものの、長く湯浴みもしていない。肌の一部は汗でかぶれて、すっかり爛《ただ》れてしまっている。自分では慣れてしまったが、きっと人々はまた、臭気に顔を背けるのだろう。

　そんなことを思っていると、やかましい男の掛け声とともに、檻を覆っていた厚い布が、さっと引き剥がされた。

　怯える声に、愉《たの》しむ声。じりじりと燃える夏の陽が、この少年に照りつける。好奇の声と視線とに晒され、もじもじと、できる限りに身を縮こまらせた。だがどうやら、それが見世物小屋の主人の気に障ったらしい。檻を棒で叩きつけられ、少年は身体をびくつかせる。

人に近しい形をしてはいるものの、首筋を覆う白い毛並みに、袖のない衣服から覗く鹿《か》の子斑《こまだら》。夏毛で覆われた成長途中の幼い身体はすっかり痩せ細り、骨と皮だけとまで言えるほどだが、見物客の視線はそこに向いていない。彼らの関心は皆、この少年の頭部へ集中している。

少年の頭部へ生え揃った、二本の枝角《えだつの》に。

「この子供、名を天千代《あまちよ》と申します。随分立派な角でしょう。何を隠そう、鹿の悪霊に祟られているってんだから大変だ。元はさる高名なお公家様の子息だったなんて話もあるが、悪霊に取り憑かれてからというもの、一声発すれば呪詛となり、一足歩けばその土地をも腐らせる、大変な忌み子になっちまった。それであちこち売り渡され、巡り巡ってうちの見世物小屋に回ってきたっていうわけよ。……おっと奥さん、心配せんでも大丈夫ですよ。ほら、この札をご覧くだせえ。身体のあちこちに貼ってあるでしょう。これは声聞法師《しょうもんほうし》の先生に施していただいたもんで、悪霊の祟りを、この子の身の内側に留《とど》めるためのものなんですわ。まあその副作用もあって、この子は物を考えることはおろか、食事も、下の始末も、何一つ自分じゃできねえんですけどね」

続く口上に耳を傾け、何を言われたのだろうかと、頭を絞って考える。だが結局は何をも理解できぬまま、この少年、——天千代は、ただ息をついて項垂《うなだ》れた。

「可哀そう？　いやいや、この子は自分が可哀そうってことすら理解できないわけですから。それも酷かも知れねえが、もし哀れに思うなら、皆さんこいつのおまんま代、置いていってくだせえよ。ちゃりん、ちゃりんてな具合でね」

見物客達が近寄って、恐る恐る、しかし面白おかしげに、檻の中へと手を伸べた。複数の手が無遠慮に、角や毛並みを弄ぶ。少年の背筋に怖気が走ったが、それでも天千代には人々の手を、振り払うことすらできないのだ。悪寒がする。それがどういった感情であるのかを思い出そうとして、しかしそれすら敵わぬまま、天千代はぼんやりと檻の外へ視線を移した。

人で賑わう大通り。檻の周囲は好奇の目で天千代を見る人々に取り囲まれていたが、それよりすこし遠くを見れば、気味悪げな顔をして、足早に立ち去る姿もある。天千代の異形が、きっと受け入れがたいのだろう。ちらと投げかけられる蔑みの視線が、それを雄弁に物語っている。

（けものつき、あくりょうつき、……）

耳に馴染んだその言葉を、独り何度も噛みしめる。

そうではない。数年前まで、天千代を取り巻く環境は全く異なっていた。身なりを清潔に整えられ、朝夕には色鮮やかな食事の載った膳が届けられた。

――天千代や。おまえはこの飛鳥井《あすかい》の一門を護る、神の子として生まれたの。おまえの血肉には、仁駱山《にらくさん》の山護《やまもり》様、神鹿《みろく》の力が宿っている。おまえを産んだことで、私達は人でありながら、神の力を手に入れることができたのですよ。

――おまえが生きるために必要なものは、何もかもすべて与えよう。おまえはただ健やかに、この屋敷で我が一門の繁栄を祈っておれ。おまえの異形は神の力を受け継いだ証。おまえの加護さえあれば、我が一門から次なる帝を輩出する望みも叶えられよう。

天千代を産んだ、人の一族を護ること。それこそが唯一の使命であると教えられ、絢爛《けんらん》な屋敷の一角で隠し育てられながら、天千代も誠心誠意彼らに仕え、期待に応えようとした。

人々は誰しも彼にかしずき、その存在を崇め敬った。

だが、――

――おまえの言葉は穢《けが》れている。

脳裏をよぎったその言葉に、びくりと肩を震わせる。それが誰の言葉であったか、朦《もう》朧《ろう》とする天千代には思い出せない。

――最早ただの天災ではない。我々は、かくも強大な祟りに見舞われている。

――飛鳥井一門は、神鹿の加護を手中に収めた。そういう触れ込みではなかったか。

――妹姫様が神鹿の子を宿し、産み落としたことは事実。だがあれは、天命などではなかったのではないか。

――あの子供は祟られている。あの子供は、一門に不幸を招き入れる存在だ！

仁駱山に訪れた、猛り狂う暴風雨。空は妖しく紫色に淀んで光り、渾天《こんてん》の隅々からからかき集めたかのような、鋭い風が吹き荒れた。天地を覆すかのごとく地響きが轟《とどろ》き、地に立つすべてを打ち倒さんとするように、大粒の雨が叩きつけた。

あの日。

「おまえの目は穢れている。おまえの手足は穢れている。——おまえは穢れている。おまえが見たもの、触れたもの、発した言葉の何もかもすべてが、救いようもなく穢れている。おまえを手に入れさえすれば、我が一門の宿願は果たされようと信じていた。だが実際はどうだ。おまえは我らに、災厄を運んだだけではないか」

有無を言わさぬ男の声。風雨によりずぶ濡れになった男は、あの時、天千代に覆いかぶさるかのように身をかがめ、耳元にこう囁《ささや》きかけた。

穢れている。おまえの言葉は穢れている。おまえの手は、足は、耳は、目は——

記憶の中の声に耳を傾けるたび、言いようのない恐怖と絶望が、天千代の身の内を渦巻いてゆく。

ガタガタと身体を震わせれば、それまで面白おかしく少年の身体を撫で回していた人々が、何事かと手を引っ込めた。

「おやおや、今日はこの辺りで店仕舞ですな。さあてお客さん方、こちらも商売ですからね。お帰りの前に、見世物代を置いていってもらわにゃあならんもんで」

見世物は終わりとばかりに、見世物小屋の主人が枡《ます》を抱え、人々の間を歩きまわる。

これで仕事は終わりだろうか。今日はもう、すっかり意識を手放して、眠りについていいのだろうか。

　眠りたい。己の置かれた状況さえ解せず、すべての自由を奪われた天千代にとって、眠っている間だけが、つかの間の安らぎとさえ思われた。

「おまえはいいよなあ。何の意思も持たず、何も考えず、ただそうやって微睡《まどろ》んでいるだけで、おまんまにありつけるんだから」

　檻に手をかけた主人が、天千代を見てそう笑う。言葉を持たぬ天千代が、何の反応も示せずにいると、彼はつまらなそうに息をついて背を向けた。

「おい、片付けとけ。ああ、飲み食いは最低限にさせとけよ。こいつ、人じゃねえから、しばらく何も与えなくたって死にゃしないんだ。祟り封じの札のおかげで、文句も言わねえしな」

「わかった」と答えたのは、檻の外に立つ少年である。天千代ほどでないにしろ、随分と痩せ細ったこの少年は、もとの柄も判別できないような布切れを申し訳程度に着込んだ出で立ちでいる。確か、初めて見る顔だ。今までにも見世物小屋の補佐をする者はいたのだが、皆、天千代を気味悪がって離れてしまったものだから、新しく雇い入れたのだろう。天千代より幼い風貌の少年は、せっせと檻に覆い布をかけ、それを車に載せて引いてゆく。

（もう、ずっとねむっていたい。なにもかんがえず、まどろんで、……。ああ、でも、なにか、――）

餓えが鈍い痛みとなって、天千代の腹を苛んでいた。だがその痛みを、他《た》へ伝えるすべがない。声は出ぬ。言葉は紡がれぬ。それでも。

力を振り絞り、やっとのことで、縛られた手の指先を伸ばす。何かが硬い爪へと触れた。布だ。檻を覆う、襤褸《ぼろ》の厚布。まだ背の足らぬ少年が、ひとりで覆ったためであろう。これならなんとか剥ぎ取れそうだ。

(だれか、どうか、――)

この餓えに、この苦しみに、気づいてくれる者はいないか。

――　赤琥七三三年 十月 五日　――

ぽつり、ぽつり、
ぱた、ぴっしゃん、
涼し気な水音が、どこか近くで響いていた。

なにか懐かしい夢を見た。思い出したくもない過去の夢。消し去ってしまいたい、幼い瑕《きず》の頃のこと。

朧気《おぼろげ》な意識の内を彷徨《さまよ》いながら、彼はただぼんやりと、周囲へ意識を巡らせた。

ひんやりとした空気の中、己が横たわっているらしいことは理解した。だがそれ以上のことを把握しようと努めても、なにやら思考が覚束《おぼつか》ない。気をしっかり持たなくてはと思うのに、思うそばから呼吸が乱れて、頭が上手く働かないのだ。

喘《あえ》ぐうち、額をひやりとしたもので拭われた。その気持ちの良さに、またうとうとと眠りが深まる。時が経ち、今度こそ眠りから抜け出そうと身じろぎすれば、しかし熱っぽく怠《だる》い体を、押し止《とど》める手があった。

（華南《はなみ》様……？）

甲斐甲斐しいとまでは言わないまでも、こんなふうに看病してくれるのは、あの人くらいのものであろう。劔日女《つるぎひめ》の側近にして、後継者である華南は、ことにかこつけて彼を己の身内かのように扱ってくれた。

だがそれであれば、いつの間にやら、御晴野《みはるの》の磐座《いわくら》へと帰っていたのだろうか。

──天千代。おまえ、雨は好き？　わたくしは好きなの。天から地へ、救いの糸のように降る雨が。

劔日女。もう化け物ではいたくないのだと言って泣く天千代に、新たな名をくれた人。老いてしわくちゃの手を伸べて、あの人はこう言った。

──おまえがそれを望むなら、おまえは人にお成りなさい。天《あま》より降《くだ》る雨に乗って、その足で、中つ国へと立つのです。わたくしがおまえに、新しい名を授けましょう。神ではなく、人としての名を。さあ、おいで、──刻雨《ときさめ》。

ぱた、ぽた、
つう、
ぴしゃり。

頬に触れた感触に、刻雨は、はっとなって目を見開いた。

何やら視界がぼやけていた。それほど強くもない光が、煌《きら》めいて目に景《かげ》を刺す。ともしび。だが松明《たいまつ》ほど大きくはない。恐らく蝋燭《ろうそく》の光であろう。

火を灯してはあるが、夜ではない。その証拠に、あちこちから蝋燭の火とは違った光が細く漏れ入っている。

ぴしゃん、とまた涼やかな音。それを聞いて刻雨は、ようやく、己がどのような場へ身をおいているか自覚した。

静まり返った鍾乳洞。首を回して周囲を見ても人の姿はないが、足元には幾つか瓶《かめ》が並び、頭上には薬草を束ねたものが吊るされている。生活感のある空間。そこに、刻雨は身を横たえていたのである。

(そうだ、俺は、――幽鬼退治のために酉峠道《ゆうかどう》へ立ち入って、それで、)

思い起こして、身震いする。話に聞いたものとは違う、身の丈にして四丈はありそうな巨大な幽鬼。武者のような鎧兜をまとったそれが、刻雨に敵う相手でないことは明白であった。それでなんとか逃げようとして、――

(腹に、幽鬼の、爪が、)

恐る恐る、腹のあたりへ手を這わせてみた。それだけの振動にも身体は痛みを訴えたが、どうやら手当がされている。傷口には薬が塗られ、その上からきっちりと、包帯が巻かれているようだ。

上衣は脱がされ、半身裸であった。身体を覆う布をよければ、洞内の冷ややかな空気が身に刺さる。ぶるりと身体を震わせてから、刻雨は小さく息を呑んだ。

傷が痛む。この身体に温度を感じる。――刻雨は、どうやらまだ生きている。

――おとなしくしてな。その酷い怪我で下手に動いて、臓物《はらわた》飛び出しても知らねえぞ。

不意に言葉が脳裏をよぎる。これは一体、誰の言葉であったろう。

――ああ、ほら、動くなって。手当はできねえが、何か手立ては考えてやる。案ずるな。この俺が拾ってやったんだ。悪いようにはしやしねえよ。

人懐っこい青年の声。そうだ、幽鬼に足を吊られ、死を予感したあの時、刃が夜闇に煌めいたのだ。刀を帯びた青年は、幽鬼をいとも簡単に斬り伏せ、そして、

(目も鼻もない、のっぺらぼう……。あいつは幽鬼の肝を抉り出して、)

――しかしおまえの金色《こんじき》は、こいつと違って美味だったなあ。

耳に残ったその言葉に、思わず肩を震わせる。得体の知れない焦燥が、刻雨の身を焦がしていた。やっとの事で上体を起こせば、ゆらりぐらりと景色が揺れる。まだ熱でもあるのだろうか。それでも、まさかという思いが脳裏を占め、動かずにはいられない。

「牙卵《がらん》、……俺の、」

手を這わせてあたりを探れば、すぐ側に刻雨の袈裟袋が置かれていた。だが引き寄せて中身をあらためても、目的のものは見当たらない。

(幽鬼に襲われて、袋の中身をぶちまけた。そうだ。俺の牙卵はきっと、今も山中へ転がっているのに違いない)

そうだ。どうか、そのはずなのだ。ならば今すぐにでも山中へ分け入って、捜し出さなくてはならない。湿った洞の壁面にもたれかかりながら、やっとのことで立ち上がり、出口へ向かって歩き出す。しかし、――

「おや、気づいたのか」

唐突に聞こえた知らぬ声に、思わずびくりと立ち止まる。

熱に浮かされた刻雨の脳裏に、気を失う直前に見た、青年の姿が浮かび上がる。目も

鼻もありはしないのに、不敵に笑んだ口元だけが、いやに強調された顔。だが呼吸を整え、やっとの事で眼前を見据えた刻雨の前に立っていたのは、――それとは、全く風采の異なる男であった。

赤ら顔に高い鼻。白い豊かな髭を蓄え、頭襟《ときん》をかぶったその様相に、刻雨は安堵の溜息をつく。

「……天狗《てんぐ》、」

声に出したつもりであったが、言葉は掠れて音を得ぬ。いやに喉が渇いていた。それでも唾を飲んで口内を湿らせると、刻雨はまず深々と、相手に向かって頭《こうべ》を垂れる。

天狗御神《みかみ》。この桑黄山《そうおうざん》に座する山護であり、刻雨が御晴野の磐座より言いつかった、山護叩扉《こうひ》の相手である。この山護と会い、天狗の妙薬を授かること。それが、桑黄山を目指すことになったそもそもの務めであった。

「助けてくださって、ありがとう存じます。死線を彷徨いましたが、天狗殿に命を拾われたようです」

「まだ眠っていろ。おぬし、本当に死ぬところだったのだぞ」

「しかし、天狗殿の妙薬に救われました。――山中に大切なものを置いてきてしまったのです。急いで、取りに、……行かなくては」

ゆらりと身体が傾ぐのを、咄嗟に天狗の腕が支える。天狗はそのまま、小柄な体躯には似合わぬ腕力で刻雨を立ち直らせると、ただ平淡にこう問うた。

「おぬしの大切なものというのは、牙卵のことか」

ごくりと息を呑み、問いかけるように天狗を見る。

「その牙卵のことで、おぬしに話がある」

「て、天狗殿は、私の牙卵がどうなったか、ご存知なのですか。あれは今、どこに、」

「落ち着け。白牙法師《はくがほうし》にとって、牙卵、牙獣《がじゅう》は魂の伴。気持ちはわかるが、しかし」

「違います。あの牙卵は、あの牙卵は特別なのです」

手を伸べ、天狗の肩にすがる。それでも天狗は答えない。その態度に不安が募り、刻雨の額に汗が浮く。

「すべてあれに封じたのです。あの牙卵があるからこそ、私は人でいられるのです。あの牙卵が、あれを、あれを取り戻さなければ、私は、」

なおも言い募る刻雨に、天狗がやれやれと息をつく。赤ら顔のこの天狗は、ふと洞の出口を振り返ると、「おい、」と外へ声をかけた。

「戻ったのだろう。こやつをおとなしくさせてくれんか、新玉《あらたま》」

新玉。その名を聞き、天狗の視線を追うように、そっと入り口へ顔を向ける。そうしてみて、刻雨はごくりとまた唾を飲んだ。

そこにひとつの、人影があった。

織模様の入った上等な小袖に、裁付袴《たっつけばかま》をあわせた立ち姿。身分の高い武者かのような出で立ちでいる男の表情は、逆光のため判別できぬ。

「ああ、ようやくお目覚めか。まったく、こんなに長く待たされるとは」

――おやぁ。どうやら、不穏な場面へ出くわしちまったみてえだな。

青年の、挑戦的な声に覚えがある。青年。そうだ、青年だ。まだ年若い――ともすれば刻雨より年下であろうとさえ思われるこの男は、大げさな溜息をつくと、無遠慮に刻雨の側へと歩み寄った。

近寄ってきて、気がついた。今日のこの男は、額から鼻下までの顔を、烏《からす》のような面で覆い隠している。

「おまえ、……あの時の、」

のっぺらぼう。

そう続けようとして、しかし刻雨は不意の衝撃を受け、その場へどさりと膝をつく。烏面の青年に、膝裏を蹴りつけられたらしい。地面へ打ち付けることになった膝と、腹の傷とに痛みが走り、声を発せられぬまま悶《もだ》える刻雨を前に、この男は冷めた口調でこう告げた。

「まったく、礼儀を知らねえ奴だ。おいおまえ。この赤ら顔のおっさんは、昼夜を問わず見ず知らずのおまえを介抱した、徳のたけえ医者様だ。おまえにとっては命の恩人だろう。そいつに掴みかかるたあ、随分穏やかじゃあねえな」

言っていることは正論だが、だからといって、これが怪我人にする仕打ちであろうか。そも、桑黄山の山護たる天狗を前に、おっさん呼ばわりとは何事か。

（さだめし、この御方の正体を知らぬのだろうが──）

ひとこと物申さねば、気が収まらぬ。文句を言おうと顔を上げた刻雨の一方、青年が、「あっ」と小さく声を上げる。青年が身につけた烏面の、紐が解《ほど》けたのだ。黒髪に沿って紐が滑り、面が落ちれば、この相貌が顕《あらわ》になった。

つるりとした、目も鼻もない広い顔。

のっぺらぼう。

やはり彼こそが、──幽鬼を刀で斬り伏せた、あの夜の青年なのだ。

「おっと、いけねえ。まだ慣れねえな」

地面に落ちた烏面を拾い上げ、青年がまたそれを被る。刻雨が固唾《かたず》を呑んで様子をうかがっていると、青年はにやりと口の端を上げ、「まあでも、命の恩人って言やあ、俺にとってのおまえもか」と軽い口調で告げた。

青年が、どこからか担いできたらしい水桶を置き、天狗がそこから水を掬《すく》う。水の入った器をぐいと差し出され、刻雨はそれを一口、一口、ゆっくりと口にした。よく冷えた水だ。ひりつくような喉の渇きが、じわりじわりと癒えてゆく。

「それで」と、手頃な岩に腰掛け、踏ん反り返って言ったのは、烏面の青年である。

「法師殿がお目覚めになったんだ。おっさん。約束通り、これがどういう状況なのか、法師殿へ聞かせちゃくれねえか。俺はさっさと凱玲京《がいれいきょう》へ戻って、この新玉が息災でいる姿を知らしめなけりゃあならねえからな」

それを聞き、刻雨ははっと顔を上げた。気を失う一瞬前、この青年が何かのたまっていたことを、思い出したからだ。

——俺は稜賀《りょうが》の新玉。見たところ旅の人間のようだが、萬景《ばんけい》の国にいりゃあ、この名を聞いたことはあるだろう。

稜賀新玉。確かにその名を今までに、何度も聞いたことがある。だがそれはまさか、このような場で耳にするべき人物の名ではないはずだ。

(稜賀とは、萬景の国を治める国守《くにもり》の一族の氏……。二年前に先代が急逝して、まだ年若い国守が国を治めているようだと、何度か話に聞いていたが)

まさかその当人が、ここにいる——、のっぺらぼうの青年だとでも言うのだろうか。

物問いたげに、しかし何を問うべきかも判ぜられぬまま、刻雨が天狗へ視線を移す。天狗は「そうよの」と溜息をつき、まずは刻雨のほうを見て、「おぬし、名は」と短く問うた。

有無を言わせぬ風のある問いに、刻雨は観念して座り直すと、「御晴野の刻雨と申します」と頭を下げた。一刻も早く牙卵の行方を追いたい思いは依然としてあったが、この山で何か起こっているのなら、把握はしておかねばなるまい。でなければ、辛くも拾ったこの命を、再びふいにしかねない。

「刻雨……。なるほど、やはりおぬしが今年の山護叩扉、剱日女からの便りにあった神《み》鹿《ろく》の子か」

刻雨の肩が強張った。天狗の目が、側に立てかけられた刻雨の鹿杖《かせづえ》を、訳知り顔で眺めている。「コウヒ？　ミロク？」と首を傾げてのっぺらぼうが問うたが、刻雨はそれに答えなかった。神鹿の子。久しく呼ばれることのなかった、しかし今でも刻雨の形を定めるその言葉が、ぎゅっと胸を締め付ける。

だが刻雨とていつまでも、己の境遇に身を竦《すく》めるばかりの子供ではない。奥歯を噛みしめ、ただ黙って続く言葉を待っていれば、天狗もまた、今はそれを語る時ではないと判断したらしい。何事もなかったかのように、彼はこう話を続けた。

「刻雨、それに新玉。まずは、おぬしらふたりに礼を言わねばならん。あの巨大な幽鬼武者のことだが、討伐、まことに感謝する。この山を預かる者として、なんとかせねばと考えたものの、眷属の烏も皆喰われてしまってな。手を出せずにいたのだ」

あれほどの穢れが発されていれば、山護たる天狗には、身動きのとりようもなかったのであろう。山護は土地を治め、鎮めるが、穢れに近寄ろうとはしない。神聖なる身であるが故に、容易《たやす》く染まってしまうからだ。だからこそ穢れに対抗しうる人間が、――法師が幽鬼を祓うのである。

それにしても。

「あの幽鬼、何故あれほど巨大に育ってしまったのでしょうか。強い未練を遺した人間でも、二、三人が幽鬼化した程度では、ああはなりません。この土地で、よほどの人死にが出ぬ限り……」

刻雨がそれを問うた相手は天狗であったが、ぐらりと気配が揺れたのは、天狗ではなく烏面の青年であった。気配が揺れた。そう感じたのは確かであったが、それが何を示すのか、刻雨にはわからない。違和感を覚えた刻雨が、ちらとこの青年、新玉へ視線を向けても、彼は変わらぬ尊大な態度のまま、岩に座して天狗の返答を待っている。

「おぬしが山へ立ち入った数刻前、この山で多くの死者が出たのだ。此れについては、新玉、おぬしから説明するか？」

そう話を振られても、青年はあくまで姿勢を崩さず、ただ黙ってそこにいた。先程まではにやにやと笑んでいたその口元すら、今は真一文字に閉じられている。

「あれは、」ようやく重い口を開いた、青年の声は硬い。「あの夜、俺が斬った化け物は、──俺の配下の、成れの果てであったらしい」

「えっ？」と刻雨が聞き返せば、彼は苦々しげにこう続けた。

「四日前。俺は廿《にじゅう》人の配下を連れて、斉帕《せいはく》から酉峠道へと踏み入った。萬景国内の視察を終えて、凱玲京へと戻るところだったんだ。山中とはいえ酉峠道は、人の往来も多く道幅も広い。身分を忍んでの視察だったんで、内密に京へ戻りたくてな。俺達は敢えて日の落ちた夜半に、この道を通ろうとした。──そして、もうじき礼黄《らいおう》の町が見えてこようという頃に、何者かに急襲された」

彼の手が、己の腰に帯びた刀の柄をするりと撫でる。

まるで息をするかのような、何気ないただ一挙動。しかしそれを見た刻雨は、己の背筋にじわりと冷や汗をかくのを感じていた。

　青年の、変貌ぶりにぞっとした。どこにでもいる悪戯《いたずら》小僧のように、にやついて軽口を叩いていた先程までの青年は、既にこの場のどこにもいない。烏面で顔の半分を覆った彼は、ないはずの目でただ真っ直ぐに正面を見据え、低い声でこう語る。

「あっという間の出来事だった。繁みから飛び出してきた、幾つもの影に襲われたんだ。勿論すぐさま応戦したが、いくら刀で斬りつけても、一向に手応えがない。配下の多くがその場で討たれた。かく言う俺も深手を負って、山中を彷徨い歩く羽目になった。敵に背を向けるなど、情けなさにはらわたが煮えくり返りそうだったが――、俺はこの萬景の国守。正体のわからぬ刺客と対峙し続けるより、生きて凱玲京へと帰り着き、敵の正体を暴かねばならぬと判断した。だが傷の深さに精根尽きて、黄泉路へ向かいかけた、その時に」

　烏面が、ちらと刻雨のほうを向く。その視線はしっかと刻雨を捉え、放さない。

「美味《うま》そうな、金色を見つけた」

　何かしらの痛みを伴い、刻雨の胸がどくりと鳴る。

　どくり、どくりと打つ音が、耳の奥から離れない。それ以降、青年の言葉は何一つ、刻雨の頭に入らなかった。

　本当は、刻雨もわかっていたのだ。あの晩、薄れゆく意識の中で、それでも刻雨は顔のない青年の言葉を確かに聞いていた。幽鬼の核を抉り出し、それに齧《かじ》りついたこの男が、悪びれもせずこう告げたのを。

――あれはおまえの物だったのか。悪いが、俺が喰っちまった。

　ごくりと唾を飲み込んで、己の膝に爪を立てる。青年は尚も言葉を続けていたが、刻雨はそれを遮るように、ただ、吐息混じりにこう問うた。

「おまえは、――幽鬼の核と同じように、……俺の牙卵を、喰ったのか」

　青年が言葉を区切り、顔だけでなく身体ごと、刻雨のほうへ向き直る。そうして彼は真正面から、刻雨に向けてまず一言、「ああ」と問いを肯定した。

「喰った。何故かはわからんが、それを喰らえば生き永らえられようと……、俺の望みを叶えられようと、確信があったからな」

　彼の言葉は、淀みない。

「おまえには悪いが、返してやることもできん。この医者様の話だと、俺の命はおまえの牙卵の力を借りて、なんとか保っている状態らしい。俺にはまだ、やらなきゃならねえ仕事がたんとある。どうしても、動ける身体が必要なんだ」

　滔々《とうとう》と語られるその言葉に、刻雨はただ黙したまま、じわりじわりと俯いた。

　萬景の国守、稜賀新玉。噂に名高い青年国守が、桑黄山で刺客に襲われ、牙卵を食って生き延びた――。突然そんなことを語られたところで、ちっとも理解が追いつかぬ。

　多数の人死にによって、あの巨大な幽鬼が生み出された経緯はまだわかる。しかし、

（牙卵を喰ったからと言って、人が、……手傷を負った人間が、永らえるなんて話は聞

いたことがない)

あまりに真っ直ぐな青年の言葉から逃れるように、ちらと天狗へ視線を送る。赤ら顔のこの天狗は、刻雨の懐疑の念を理解している様子は見せながら、素知らぬふりを貫いている。彼は手元の軟膏を混ぜ、「恐らくは」と会話の流れを己の言葉へ集約した。

「今にも黄泉路へ渡ろうとしていた、つまり魂の所在が曖昧となった新玉が牙卵を喰らったことで、牙獣が幽鬼を喰らうことと、同じような現象が起きたのであろう。牙獣は幽鬼の核を喰い、その妖力を育ててゆく。このことは、刻雨、白牙法師たるそなたもよく知っているはずだ」

「し、しかし、」

口を挟もうとした刻雨を、天狗は無言のままで威圧した。もしかすると、ここでは語れぬ何事かの事情でもあるのだろうか。

そう、この場では——、刻雨のすぐ脇に座した、得体の知れぬのっぺらぼうの前では。

「今の俺は、人間というより牙獣に近い存在になっているんだと」

やれやれと息をつきながら、そう話したのは鳥面の青年であった。彼は心底参ったという態度で姿勢を崩し、懐手《ふところで》してぼりぼりと腹を掻くと、肩を落としてこう言うのだ。

「牙獣ってのは、主人たる白牙法師から、一定以上離れられねえ存在らしい。おかげでおまえの目が覚めるまで、俺までこの山の中で待ちぼうけだ。なあ、おっさん。法師殿もこうして目を覚ましたんだ。もう連れて行っていいだろう？　俺は、とにかく凱玲京へ戻らなけりゃならねえんだ」

　駄々をこねるような言いように、天狗はいささか声を落として、「それはまだだ」と断言する。そうして天狗は取り繕う素振りも見せず、青年へいくつか用事を言いつけた。薪を割ってこいだの、仕掛けてある猪捕りの罠の様子を見てこいだのというそれは、彼が本当に国守であるのなら、取り合うような内容ではない。しかし青年は「仕方ねえな」とだけ言って、その言いつけに従った。

　青年が洞を去ってしばらくの間、刻雨は天狗に、何を問うこともしなかった。天狗が刻雨と話をするために、あえて彼を遠ざけたことは、明白であったからだ。

「牙獣に、近しい存在……」

　ぽつりと呟いた刻雨に、天狗は答えず、煎じた薬を手渡した。天狗に促されるまま、腹に巻かれていた包帯を外してみる。流石《さすが》は山の妙に長けた、天狗の薬といったところか。まだ痛みは残っているが、傷口には既に薄皮が張っている。天狗に拾われたのは幸運であった。それは確かなことである。だが。

「……。牙卵を喰らったことで命を永らえただの、牙獣に近い存在になっているだのと、あののっぺらぼうに吹き込んだのは、天狗殿、あなたなのですか」

　目を合わせずに刻雨が問うても、天狗は「そうだ」と躊躇《ちゅうちょ》ない。

「実際、似た状況ではあろう」

「似た状況？　本当にそうお思いですか？　――あなたはわかっておられるはずだ。あの者は、永らえたのではありません。牙卵を、幽鬼の核を喰らうものが、生者であるわけがない。あれは、あの青年は、」

　顔を上げた刻雨を、天狗が真っ直ぐ見つめている。その眼光に耐えきれず、言葉を途切らせた刻雨の一方で、天狗は誤魔化す風もない。

「あれは息絶えておる。……生者のように振る舞ってはいるが、あの青年は、既に幽鬼と化しておるようだな」

　予感をしていたことではあったが、天狗の口から発せられた言葉に、刻雨の鼓動がどくりと鳴った。

「白牙法師の扱う牙獣と、世に蔓延《はびこ》る幽鬼とは、根幹をたどれば近しいもの。牙獣が幽鬼を喰らって力を得るのと同じように、幽鬼もまた、牙獣を喰らえば力を得よう。とはいえ、常であれば幽鬼は知能を持たず、ただ欲求のままに生者を襲う存在であるから、牙獣を喰らう話など聞いたことはないが……」

「あののっぺらぼうは、私の牙卵を手に入れ、それを喰った。……だからあのように、自我を保つことができた、ということでしょうか」

「それはわからん。そうかもしれぬ。あるいは、――死して尚、あの者の意志の力が、幽鬼の常を上回っているのやも知れぬ」

――俺にはまだ、やらなきゃならねえ仕事がたんとある。どうしても、動ける身体が必要なんだ。

青年の言葉が、刻雨の脳裏を貫いてゆく。

「なんにせよ、当人が己の死に気づいていないのなら、そのままにさせておくのが良かろうな」

ふと立ち上がった天狗が、溜息混じりにそう告げた。

「あれは色々と規格外だ。巨大な幽鬼を独力で祓ったことを考えても、おぬしの牙卵を取り込んだことを考えても、その身にどれほどの力を秘めているやら想像できん。幽鬼であることを自覚させては、必ず厄介事の種となる。それよりは人として扱い、未練を晴らしてやるのがいいだろう。

幽鬼をこの地に留めるのは、現世《うつしよ》に遺した未練に他ならない。既に自我を失った幽鬼であれば、その未練の拠り所などわからぬが、新玉には幸い、言葉を交わせるだけの思考力がある。寄り添って未練を晴らしてやれば、いずれ成仏するやもしれぬし、成仏させることができれば、取り込まれたおぬしの牙卵も、戻るやもしれぬ」

曖昧な言葉を連ねる天狗の言葉に、刻雨は、乾いた笑みを張り付かせた。「やもしれぬばかりではありませぬか」と言えば、天狗はただ肩をすくめて、「前例がないのだから、致し方あるまい」と告げた。

「なんにせよ、おぬしは新玉に、借りを返さなくてはならんだろうな。死にかけのおぬしを連れ、儂《わし》を見つけて手当しろと詰め寄ったのは、他でもない新玉だ。白牙法師なら知っておろうが、天狗の妙薬は世の理《ことわり》を狂わせるほどの効力を持つ故、よほどのことがなければ使われぬ。おぬしを見殺しにすることも考えたが、牙卵の主が死んだことで、あの幽鬼が自我を失うようなことになっては手に負えぬ。だからこそ、おまえを治してやったのだ。——それに」

淀みない声で語る天狗の視線が、また、立てかけられた刻雨の鹿杖へと向いた。旧友にでも再会したような目でそれを見る、天狗の言葉はしかし、反して冷ややかだ。

「おぬしなら、……神鹿の子なら、あれが自我を失い幽鬼として彷徨うような事態になったとしても、世に数多《あまた》の被害が出る前に、押し止めることができるであろう」

「もしもの時は身を挺して、あれを祓えとおっしゃいますか」苦笑を隠さず刻雨が問えば、天狗は「そうだ」と建前を言う素振りすらない。

「白牙法師として半人前の身なる私には、あれを祓うだけの力はございません」

「白牙法師としてのおぬしになど、何も期待しておらぬわ。おぬしはただ、おぬしの受けた祟りごと、その身を喰わせてやれば良い。おぬしが身にまとう腐気は、幽鬼にとっても毒となろうからな。……毒をもって毒を制す。その程度のことならば、おぬしにも成し遂げられよう。まあ、相討ちになる可能性はあるがな」

天狗の目が、ぎろりと刻雨を睨《ね》めつける。対峙する刻雨も、その時ばかりは冷静であった。怯えず、怒らず、ただ座した己の膝へ爪を立て、ぐっと奥歯を噛みしめる。

「よくぞこの地に足を踏み入れたものだな、御晴野の刻雨殿。我らはようく知っておるぞ。おぬしがいかにして生まれたか。人間がどんなに浅はかであったのかを。

ここより南の仁駱山には、かつて山護たる神鹿が棲み、一帯の土地に加護を与えていた。だが廿余年前、老いて転命のための眠りについた神鹿を、その加護を手中に収めんとする人の一族が斬り殺したのだ。一族の氏は飛鳥井。神鹿の肉を食らった女は、その胎《はら》に神の子を宿した――。後継を失った神鹿の魂は祟りの幽鬼となり、人の胎から生まれた男児《おのこ》は、身に祟りを宿した上、神にも人にもなれぬ有様。山護を失った仁駱山はこの廿余年、加護を失い荒れ放題だ」

天狗がせせら笑うのを、しかし刻雨は黙したまま、ただじっと堪え聞いていた。身の上をとやかく言われることには、慣れている。口ぶりから、この天狗は仁駱山の神鹿とも、少なからず交流があったのやも知れぬ。友人などであったなら、一段と、刻雨のことが憎かろう。頭ではそうと理解できる。だが、だからこそ。

「私を産んだ者達の愚行を嗤《わら》うなら、好きにされるがいいでしょう。私とて、このくだらぬ生い立ちには辟易しているのです。……あなたのおっしゃる通り、私は飛鳥井の介入を経て生まれました。人の胎から生まれたために、山護を務めるに足る力はありません。だから、人に紛れて生きることを選んだ。特異な風貌も、牙卯に魂の一部を喰わせた今となっては、ご覧の通りに失せております。――御晴野から、剱日女様から顛末を聞かれたなら、その事情も既にご存知でしょう」

「御晴野。そうだ、あの磐座も、とんだ食わせ物ではないか。神鹿の忘れ形見を救うと約束しておきながら、祟りと共に力の殆どを封じた上で、都合のいいように己等の駒として手元で育てるとは。不具とはいえ山護の力を継いだ者を、人間がその配下に置くなど、本来ならば赦《ゆる》されることではない」

「――御晴野は、」話す間も、視線はじっと逸らさない。

負けてなるものか。生まれる前の出来事など、刻雨自身の咎《とが》ではない。刻雨にとっては、その後のことがすべてであった。時に腫れ物を触るように、時に不浄を見るように扱われ、もう十分に傷ついた。

「御晴野は、私にとって恩人です。私が人の世で、たったひとりで、本当に辛い思いをしていた時、助けてくれたのは彼らだけだった。あなたを含め、他の誰も、……手を伸べては、くれなかったではないですか」

誰も助けてはくれなかった。

たったひとりの、例外を除いて。

「私は最早、人の子です。神鹿の力は必要ない。それを己から切り離すために、私は牙卵にすべてを喰わせ、白牙法師となる道を選んだのです」

これ以上、背を丸めてなるものか。視線を逸らしてなるものか。

食い入るように天狗を見、平淡な声音で滔々と言う刻雨を前に、しかし天狗はその頬に笑みを浮かべたまま、心動いた様子もない。そうであろう。それならそれで、刻雨だって構いはせぬ。どうせ他者からの視線など、そう簡単には変わらぬのだ。それは重々心得ている。

ただ、そうとわかった上で――、それでも周囲からの悪意に屈してなるものか、と頑《かたく》なにそう思うのは、刻雨にとっての矜持《きょうじ》であった。

奥歯を噛みしめ、じっと天狗を睨みつける刻雨を、天狗はしばらくただ眺めていた。

だがふとした瞬間に、彼は小さく吹き出すと、刻雨にこう言ったのだ。

「御晴野が何故、今年の山護叩扉のお役目に、おぬしを選んだと思う」

天狗の言葉は容赦なく、刻雨の耳朶《じだ》を抜けてゆく。

「……、存じませぬ」

「気づいてすらおらんのなら、やはりそれだけ、都合のいい駒というわけじゃ」

「だから、一体何のことを――！」

くつくつと笑い始めた天狗の姿を前に、二の句が継げず閉口する。天狗が刻雨に何を言わせたいのか、それが刻雨にはわからぬ。だがこちらが苛立てば苛立つほど、この天狗は可笑《おか》しそうに笑うのだ。

「この一帯には少し前から、巨大な呪が施されておる」

告げられた言葉の意味が、刻雨にははじめ、わからなかった。

「人間の定めた地名で言うなら、帝領《ていりょう》を中心に、萬景、長塚《ながつか》、玉襷《たまだすき》の一部も範囲に含まれような。陰陽寮の配下にない、おぬし以外の法師は今、何人《なんぴと》たりともこれらの土地には踏み入ることすらできぬのだよ。この意味がわかるか、刻雨」

――ここしばらく、西域において霊場の不審な乱れがあるとの報《しら》せも入っています。叩扉の折、周辺の土地へ立ち寄りよく見聞し、そこで何が起こっているのか、情報を持ち帰ってくださることも期待しています。

御晴野からの便りに書かれていた、その文言を思い出す。便りが届いたのはひと月程前のことだが、霊場の乱れというのは、天狗の言う呪のことであったのだろうか。

「陰陽寮の一派が何かを企てていることは察したが、御晴野の法師はこれらの土地へ立ち入ることすらままならぬ。それで、おぬしを寄越したのだろう。山護叩扉とはただの建前。西域に縁の深いおぬしは、御晴野の思惑通り、なんなく呪をすり抜けてみせた」

押し黙った刻雨を前に、天狗がその場へ立ち上がる。そうして彼は鍾乳洞の奥へと入り、携えて戻ったそれを、刻雨の手に握らせた。

脇差である。漆塗りの鞘は拭われていたが、柄糸には赤茶けた血が滲み、元の色も判ぜない――。「これは」と刻雨が問えば、「新玉の持ち物だ」と天狗が答える。

「どういう因果かわからぬが、神鹿の加護は今、おぬしのもとへと戻ったようだ」

神鹿の加護。

意図を解せず眉根を寄せた刻雨の一方で、天狗がどしりと岩に腰掛ける。

「わ、私が、受け継いだのは、……神鹿の遺した祟りだけ。私自身にも、加護を与える力はありません。ご存知でしょう」

「ああ。しかし何故だかこの山に、神鹿の加護を身に宿した者がおる」

天狗の目が、じっと刻雨の手元を見る。そこにあるのは今しがた手渡された、――新玉の脇差だ。

「まさか、新玉殿が？　しかし、萬景の国守は年若く、まだ十八と聞いております。先代の神鹿と、接点があるはずもない」

「儂にも理由はわからぬ。おぬしの牙卵を喰ったことで、加護を得たのやもしれんな。まあなんにせよおぬしらは、既に切っても切れぬ間柄となった。この脇差は、死したあの者の肉体が、後生大事と言わんばかりに抱えていたものだ。折を見て、おぬしの手から返してやれ」

「……、亡骸《なきがら》を、ご覧になったのですか」

「ああ。本人に悟られぬよう、鍾乳洞の裏へ葬ってある。酉峠道からかなり下った、山中で息を引き取っておったよ。手傷を負ってからも相当な距離を彷徨い歩いたと見えるが、それを置いても、随分奇っ怪な死に方であった」

「奇っ怪、とは」硬い声で刻雨が問えば、天狗は長い息をつき、「最期は狂乱したのやもしれぬ」とそう言った。

「致命傷となったのは、胸を突かれた傷であろう。それに無数の刀傷。だが奇っ怪だったのは、――その顔だ」

顔。目も鼻もない、今の姿を思い出す。

「よもや人として生きていた頃から、のっぺらぼうだったわけではございますまい」

「ああ。だが今の姿は、最期の形を写し取ったものであろう。――理由はわからぬ。だがあの者は己の死を目前にして、何故だかその脇差で、己の顔をめった刺しにしてから、息絶えておったのだ」

夕刻を迎えた桑黄山に、涼やかな風が吹き抜けていた。

ようやく立ち上がれるまでに回復した刻雨は、ひとり、夕陽に染まる山中を歩いていた。天狗の住まう鍾乳洞は清潔に保たれていたが、風の抜ける山中には、洞にはなかった開放感がある。幽鬼に襲われた晩から四日、刻雨はあの鍾乳洞で、昏々《こんこん》と眠り続けていたらしい。久々に頬を撫でる風は、なんとも言えず爽快だ。

繁みを掻き分け、山腹に開けた原へ出る。人の背丈ほどもあるススキで覆われたその原には、見渡せども何も見つけられはしなかったが、耳を澄ませばどこかから、土を掘る音が聞こえていた。

天狗から聞いたとおりに、音を目指して歩いてみる。そのうち視界がぱっとひらけた。見れば四方をススキに囲まれたその場所に、土を掘り返した広場が出来上がっている。こんもりと土を盛った小さな山が並ぶ先に、また新たに土を掘る影があった。

「新玉殿、」

緊張に、声が萎《しぼ》んでしまった。恐らく届かなかったのだろう。刻雨の呼びかけに応えず、その人影は、新たな穴を掘り進めている。

「新玉殿」

息を吸ってもう一度呼びかければ、人影が、鍬《くわ》を置いて振り返る。

天狗が授けたのだという烏面を顔につけ、諸肌脱ぎした青年が、黙したままでそこにいた。その足元には、葬られるのを待つ武者の亡骸が、まだひとつ横たわっている。

桑黄山に現れた巨大な幽鬼。それをこの青年は、己の配下の成れの果てであろうとそう言った。山中で何者かに襲われ、応戦も虚しく、その多くが討たれたのだと。そして彼は、萬景の国守たる、稜賀新玉を名乗るこの青年は、討たれた配下の者達を、自らの手で葬っているのだ。

──幽鬼であることを自覚させては、必ず厄介事の種となる。それよりは人として扱い、未練を晴らしてやるのがいいだろう。

死して幽鬼となった者は、一般的に、理性を持たず自我もない。まるで生者であるかのように、他者を葬るわけがないのだ。だがこの青年は、当然のようにそれをする。

「……、手伝いましょう」

硬い声で言う刻雨に、新玉の側はいくらか気を許した様子である。「もう動けるのか」と問われ、「土をかける程度であれば」と答えれば、この青年は鷹揚な仕草で頷いて、刻雨に対しこう言った。

「かたじけない」

──最期は狂乱したのやもしれぬ。

天狗の言葉を思い出し、ごくりと小さく息を呑む。己の死を自覚せず、こうして配下の亡骸を葬る青年は、一体何を、どこまで、理解しているのであろう。

「私もあなたに、礼を言わねばなりません。あなたに助けられなければ、今頃、命はなかったでしょうから。……あなたが天狗殿に、私の手当をするよう頼んでくださったのでしょう」

刻雨とて、一歩間違えば死んでいたのだ。だがこの青年が——人の姿を装った、不思議な幽鬼がそれを救った。

人ならざるその身に、刻雨の牙卵を取り込んで。

「天狗、……まさか、山護の天狗御神か？　あのおっさん、只者じゃあねえと思ってはいたが、まさか桑黄山の山護だったとは。天狗御神と言や、萬景でも国をあげて長く祀ってきた山護だが、……御姿まで拝見したのは、歴代の国守の内でも俺が初めてなんじゃねえかな。思いもかけず、いい土産話ができた」

「人に話すのは、おすすめしません。あなたを羨んだ人間が、天狗御神の姿を一目拝もうと、桑黄山に殺到しかねないでしょう」

殺到したところで、ここは山護の住まう神奈備《かむなび》であるから、神奈備の主である天狗に迎え入れる意思がなければ、何人たりとも立ち入ることはできないのだが。刻雨達とて、天狗にとって致し方なしとの判断の結果とはいえ、一応、招いてもらえたからこそ、ここにいられるのだ。

とはいえ興味本位でこの地を訪れた人間が、山の奥深くまで立ち入りすぎ、禁足地を踏み荒らすようなことにでもなれば、当然、人間を治めるべき国守にも責任が問われよう。新玉はうーんと唸ってから、「それもそうかあ」と残念そうに項垂れた。

「けどせめて、こいつらには会わせてやりたかったなあ」

努めて明るく話すものの、その言葉には愁いがある。

彼が顔を向けた先には、墓標代わりに点々と積まれた石が見えていた。

「おまえが手当を受けている間、俺の他に生き残りがいやしないかと、山中を歩いてみたんだが、――。見つかるのは亡骸ばかりだ。これで十五人目。残りの五人は、なんとか逃げおおせたのか、あるいは、俺が見つけてやれていないだけか」

「稜庵《りょうあん》、清輔《きよすけ》、加太丸《かたまる》、……」新玉が唱えだしたのは、彼が葬ったという配下の名であった。十五人全員の名を呼び、最後のひとりを葬り終えると、この青年は立てた鍬に身を預け、やるせなげに沈黙した。

「気休めに過ぎませんが、弔いの経をあげましょうか」

法師としての刻雨の申し出に、新玉はただ、否と言った。弔うにはまだ早い。その前に、やらねばならぬことがあると。

「俺達を――、俺を山中で襲った刺客。あれが何者だったのか、明らかにして仇《あだ》を討つ。そうでなければ、死んでいった奴らに顔向けできん」

――寄り添って未練を晴らしてやれば、いずれ成仏するやもしれぬ。

仇討ち。配下を、そして己を殺した敵の正体を暴き、討ち取る。それがこの青年の、最期に残した未練であろうか。

「……、牙獣が幽鬼を喰らうのは、幽鬼を祓うのと同義です。祓いとは、亡者を現世に留める未練を断ち切り、その魂を正常な生命の輪廻に還すこと。あなたに未練を喰われた魂は、既に正しく禊《みそ》がれ、天へ昇ったことでしょう」

　仇討ちなどしたところで、少なくとも、この地に葬られた萬景の武者達の魂にはなんの影響もない。刻雨はそう告げたつもりでいたのだが、それを聞いた新玉は、異なる受け取り方をした。

「亡者の、未練を、……」

　ぽつりと呟き、この青年は、低く笑ってこう続けたのである。

「あの夜、俺が喰ったのは、おまえの牙卵と幽鬼の未練——。そうか。ならここに葬った者達の未練は、俺の糧となり、俺の一部となったわけだ。この手で仇を討ち取れば、配下達の無念も雪《そそ》がれような」

　この青年の未練に寄り添い、晴らしてやれと天狗は言った。ならば今、刻雨のなすべきは、新玉の言う仇討ちを手助けすることだろうか。

　そうすれば、この幽鬼の未練に、寄り添ったことになるだろうか。

（この仇討ちは、新玉殿の配下の方々だけのためのものではない。本人がそうと理解していないだけで、……新玉殿自身も、あの夜、命を奪われているのだから）

——あの者は己の死を目前にして、何故だかその脇差で、己の顔をめった刺しにしてから、息絶えておったのだ。

「あなたの顔の、事ですが、……」

恐る恐る刻雨が切り出すと、新玉は、「ああ」とこともなげに声を返す。

「なんでだろうな。目も鼻もなくなっちまった。天狗のおっさんに指摘されるまで気づかなかったんで、驚いたよ。まあ、更に不思議なのは、それでも物は見えるし、匂いもわかるってことなんだが」

牙獣にせよ幽鬼にせよ、その姿形は生ある者の理から外れている。それ故、目があること、鼻があることと、視覚、嗅覚があることとは、必ずしも関連するわけではない。もっとも、生ある者に見えている景色と、理から外れた者に見えている景色が同じものであるかは、わからぬが。

「あのおっさんに、顔がねえとどうにも締まらないから、まあこれでも被っておけ、って面を渡されたんで、着けてるんだが……。そうか、そんならこの面も、天狗御神からの賜り物ってことになるのか。何やら急にありがてえものに思えてきたな」

この男、おおらかなのか、無頓着がすぎるのか、今ひとつ判断に難い。

「……。顔を失った理由に、心当たりはないのですか」

さりげなさを装って、ためしにひとつ聞いてみる。

「さて、ちっともわからねえや。俺はてっきり、俺を殺しに来た刺客が、何かしらの呪を施したとか、そういうことかと思ったけど、違うのか？」

「そうだとしたら、なんのために」

「それがわかれば、苦労しねえ。むしろ呪とかそういう類のもんは、俺なんかより法師のほうが余程詳しいもんだろう。何かわからねえのか？」

「えっ？　わ、私ですか？　いや、そんなことを言われましても」

「なんでえ、頼りにならねえなあ」

「それは、その、……すみません」

何故謝らねばならぬのかと、不貞腐れながら口をつぐむ。

それにしても、新玉の口ぶりから察するに、彼は己の死に際に、自分自身の手で——恐らくは、最後の力を振り絞って——、己の顔を裂いたのだということも、どうやら覚えていないのだろう。

(問いたいことは、他にもあったが)

——どういう因果かわからぬが、神鹿の加護は今、おぬしのもとへと戻ったようだ。

神鹿の加護のことなど、問うたところでわかるはずもない。

(あの夜、……。一体何があったのやら、詳しいことは何もわからない。だが、……)

新玉を、己の死に気づかず現世を彷徨うこの幽鬼を、救ってみせろと天狗は言った。

それができて初めて、山護叩扉で持ち帰るべき、天狗の妙薬を授けてやろう、とも。

(そうでなくとも俺は、俺のために、——牙卯を取り戻さねばならん)

ならば。

「……こうして巡り合ったのも、きっと何かのご縁でしょう」

溜息混じりにそう言えば、新玉が刻雨を振り返る。

こうなったら刻雨も、腹を括《くく》らねばならなかった。牙卵を取り戻す。その為に、少しでも可能性があるのなら、賭けてみようとそう決めた。

「私の牙卵を喰らったことで、あなたは今、牙獣に近しい存在になっている。牙獣とは、白牙法師の魂の伴。あなたも言っていたとおり、主人たる法師と距離を隔てることはできませんから、今後は私に随伴して頂く必要があります。

この先どうするかは、追って考えましょう。ですが、――多くの配下を、理由もわからず奪われた、あなたの境遇には同情します。真相が解明できるまで、私もあなたの仇討ちに、協力しましょう」

烏面で覆われた、目のない顔が刻雨を見る。あくまでも、主人は法師たる刻雨であると含ませたのが、癇《かん》に障りでもしただろうか。しかしそんな刻雨の懸念は、見当違いであったらしい。

この青年、新玉の表情が不意に明るく沸いたのが、刻雨には何故だか、手に取るようにわかってしまった。

「案外話のわかる奴だな。法師とかいうもんは、もっと頭が固い性質《たち》かと思った」

どう答えるべきかわからず、躊躇《ためら》う刻雨を前に、新玉は気にした風もない。むしろ新玉の態度のほうが、刻雨にとっては意想外なのだ。帝都からも程近い、豊かに富んだ萬景の国。その国土を与えられた国守ともなれば、さぞかし横柄な人柄であろうと身構えていたのに、こうして話をしていると、まるでどこにでもいる年相応の青年とすら思われるのだ。その姿は刻雨の知る、権力者の象《かたち》とはかけ離れている。

新玉が上衣を羽織りなおし、刻雨に向き直る。そうして彼は、流れ者の法師を侮る素振りもなく、ただ誠実にこう告げた。

「改めてよろしく頼む。どうかしばらく、俺に力を貸してくれ」

参

どんがらしゃ

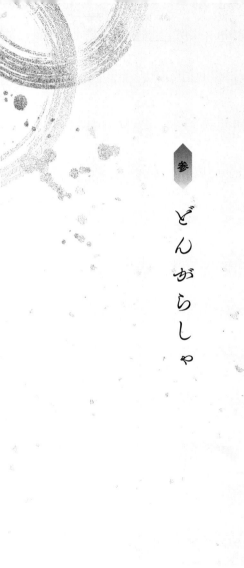

――赤琥《しゃくごう》七三三年 十月 八日――


「おや、まあ、見習いさん。よくぞご無事で！」

昼日中の礼黄《らいおう》の町。数日前に立ち寄った食事処へ、ひとりきりで訪れた刻雨《ときさめ》は、無意識に、平手打ちにされた頰を手で撫ぜた。

新玉《あらたま》の未練を晴らすため、仇討《あだう》ちに協力しようと申し出たのが、一昨々日《さきおととい》の夕刻のこと。天狗《てんぐ》の勧めもあって二日は山にとどまったが、刻雨の傷も随分回復したため、今朝がた下山し、この礼黄へと戻ってきた。まずは少しでも現状を見定めるため、桑黄山《そうおうざん》と凱玲京《がいれいきょう》の間にあるこの礼黄で、情報収集することにしたのである。だが町へつくなり新玉と別れ、ひとりでここへやってきたのには、訳があった。

――人々を護る法師の見習いさんが、まさかタダ飯食いとはね。

銭袋をなくし、すっかり一文無しとなった刻雨に、礼黄の人間達は幽鬼退治を命じた。その際、身分を示す通行手形を質に取られていたのであった。これがなければ関所を通れず、旅を続けることができぬのだから、なんとしてでも取り戻さねばならなかった。だが事の次第を、洗いざらい新玉に話すのも面白くない。それで刻雨は、何食わぬ顔で別行動を提案し、ひとりでここを訪れたのであった。

「あんたが酉峠道《ゆうかどう》へ入ってから、幽鬼の噂を聞かなくなってねえ。きっと見習いさんがどうにかしてくれたんだろって話をしていたんだ。なのに、当のあんたがちっとも顔を見せないだろう？　それでてっきり、ねえ、」

「ええ、まあ、死にかけましたが、なんとか」

ははははと乾いた笑い声を上げ、刻雨がとんと鹿杖《かせづえ》を突く。食事処の女将《おかみ》は、まるでお使いから帰った子供をあやすかのごとく、「頑張ったねえ」と明るく笑うと、漬物石の上に置かれていた通行手形の木札を取り寄せ、それを刻雨に差し出した。

命がけで幽鬼を祓って帰ったとはいえ、白牙法師《はくがほうし》の扱いなど所詮この程度である。法師とは、幽鬼に対抗するための力を持った修験者のこと。人々の暮らしに害をなす幽鬼が出ればこれへ駆けつけ、祓わねばならぬ。だが法師が幽鬼の祓いに失敗し、命を落とそうと、相打ちになろうとも、人々にとっては「また次の法師を呼ぼう」となるだけなのであろう。

（まあ、別に、何か期待したわけじゃあないけど）

漬物臭い通行手形を受け取って、そそくさとそれを懐へ入れる。「ではこれにて」と短く言いおけば、「ああ、ちょっと」と女将に引き止められた。

「あんた、今晩の宿はあるのかい？　一文無しには変わりないんだろう。幽鬼を祓ってもらった礼もあるしね、角の座敷で良ければ、泊まっていってもいってても構わないよ」

それはありがたい。ぜひにと刻雨が女将を振り返った、――その時。

「もお、新様《しん》ってば、なかなか遊びに来てくれないいんだもの。私達のことなんてとっくに忘れちゃったと思ってたあ」

「お祭りでもないのにどうしちゃったの？　って思ったけど、お面、段々かっこよく見えてきたよ」

「ねえねえ新ちゃん、今日はうちのお店に来なよぉ。いつもよりもっと腕によりをかけて、おもてなししてあげるからあ」

女達の媚びた声に、意図せずちらと視線が向く。そうしてみて、唖然とした。きゃあきゃあとはしゃぐ女達の中心に、——見覚えのある、烏《からす》面の男の姿を見つけたのだ。

間違いない、新玉だ。

いつの間に着替えたのかわからぬが、袴は脱いでゆるく着付けた小紋の着流しに、緋色の腹切帯を着けた姿になっている。いかにも武者らしい刀はどこへ置いてきたのやら、腰には帯びていない。その上で、相変わらずの烏面を身に着けているものだから、遠目にも目立って仕方ないのだが、本人は悠々としたものだ。

「お、おま、あ、あらた、」

一体何をしているのかと問いたいのに、突然のことで、言葉がすぐには出てこない。だが名を呼びかけた刻雨にかぶせるようにして、「おや奇遇だな、ハルサメ君」と新玉の側から声がかかった。

ハルサメ、とは、果たして己のことであろうか。問いただしたい思いはあったが、新玉が密《ひそ》やかに人差し指を立て、「しぃ」と合図したのを見て、かろうじて言葉を飲み込んでおく。

「ねえ新様、あの人だあれ？」

新。随分安直だが、刻雨の呼びかけを遮ったことから察するに、新玉なりの偽名だろうか。見れば取り巻きの女達は気安げに新玉の袖を引き、ころころと笑い合っている。

「あら、なんだいそのお面。新ちゃんなのかい？　随分ご無沙汰だったねえ」

食事処の女将までもがそう声をかけるのを聞き、思わずぎょっとする。これが、一国の主に対する、民のとるべき態度であろうか。一方で新玉は気にした様子もなく、「久しいな」とこれまた気安く言葉をかけているのである。

「どうだ、商いは順調か？」

「まあぼちぼちってところかねえ。新ちゃんはどうだい。いつだったか、港で船問屋を始めるとかなんとか言ってたろう」

「ああ、それなりにやってるよ。最近そっちが忙しくて、なかなか顔を出せなかったけど、みんな元気そうで何よりだ」

新玉が明るく笑えば、それを取り巻く女も笑う。状況が飲み込めず、ひとり取り残された刻雨に、女将はこう囁《ささや》いた。

「あんた、新ちゃんの友達だったのかい」

友達。はたしてその表現は、刻雨と新玉の関係性を少しでも掠めているのだろうか。返答できずにいる刻雨を見て、新玉はひょいと腕を伸ばし、一方的に肩を組む。

「そうそう。ちっと色々あって、今はこいつとつるんでるんだ。女将、こいつを知ってるのか？」

「ああ、まあねえ。幽鬼を祓う、白牙法師の見習いさんだろう。西峠道に出た幽鬼を祓ってもらったんだよ」

「ええっ、白牙法師って浮世絵なんかに描かれてる、あれ？」

「すごーい！　私、知ってるよぉ、急急如律令《きゅうきゅうにょりつりょう》って唱えるやつでしょ？」

「それは供号法師《くごうほうし》よ。白牙法師はあれよう、紙で式神を作ったりする、」

「あっ、それは、召式法師《しょうしきほうし》です、……」

　刻雨が控えめに主張すれば、女達が皆きょとんとした顔で振り返り、同時にけらけら笑いだす。一体何が可笑《おか》しいやら、刻雨には露ほどもわからない。わからないがしかし、わからないながらも愛想笑いを貼り付けておけば、彼女らも満足した様子であった。

　供号法師も召式法師も、陰陽寮に流れを持つ宗派である。古都誓笠京《せいぜいきょう》で方術や祭祀を生業《なりわい》としていた陰陽寮の流れと、北域の霊場を祖とする白牙法師とは根本的に種別が異なるのだが、民草にとっては、どちらも変わりないのであろう。

　そのうち新玉が「またあとで、それぞれの店へも顔をだすよ」と約束すれば、女達は皆、上機嫌で去っていく。

「何ですか、今の」

「女友達ってやつ？」

「ほら、ふたりともついておいで。新ちゃんも泊まっていくだろう？　部屋に案内してあげるよ」

「流石《さすが》、女将は面倒見がいいなあ」

飄々《ひょうひょう》と答える新玉が、連れられて行ってしまう。慌ててそれを追いかけて、食事処の二階にある空き部屋へ通されると、刻雨は女将がいなくなるのを待ってから、「何なんですか、今のは」と問い直した。

「なんだよハルサメ君、もしや羨ましかったのか？」

「そ、そうじゃありません。大体、ハルサメ君って誰のことです」

「そりゃ、おまえの事だよ。御晴野《みはるの》刻雨《ときさめ》だろ？　晴れてるんだか、雨なんだか、よくわからねえ名前だよな」

それは確かに自覚があったが、今は関係ないだろう。「船問屋がどうとか、一体何のことですか」と刻雨が言えば、新玉は我が物顔で座敷に座り込み、「まあ、座りなよ」と刻雨にも促した。

「礼黄の町は、凱玲京にも近いからな。今までもよく素性を偽って、視察に来てたんだ。気のいいやつが多いんで、まあ、大体ああいうことになる」

ああいうこと。女達に囲まれて、きゃあきゃあと騒がれていた様を思い出し、「ふうん」と無関心を装った。視察とはいうが、つまりお忍びで遊びに来ていたということだろう。そういえば、そもそもこの青年が酉峠道に立ち入ったのも、萬景国《ばんげい》内の内情視察の帰りだったという話だ。城に留《とど》まるより、己の足で情報を集める性分なのだろうか。

(単純に、遊び好きなだけかもしれんが、……)

「気になるなら、紹介しようか？」

突然の申し出に、思わず軽く咳払いする。「結構です」と消え入りそうな声で、しかし辛うじて刻雨が言えば、新玉はまた悪びれもせず、「こっからの季節、独り寝は心が荒《すさ》むだろ」と返す。

「……。そういう弄び方はどうかと思いますよ。彼女達は皆、あなたを慕っているのでしょう。もっと誠実に対応できんのですか」

「弄んでなんかいないさ。満足行くように、できる限り万遍なく相手をしてる」

「新玉殿」

眉間に皺を寄せてそう呼べば、この青年は呆れた様子で「お堅いやつだ」と息をつく。

「放っといてください。こう見えて私、修験者なものですから」

「ああ、そういえばそうだった。まあいいや。ハルサメ君の名誉のために、この話は終わりにしよう」

何故そこで、刻雨の名誉が慮《おもんぱか》られねばならないのだ。肩を怒らせた刻雨が視線をやれば、先程まで胡座《あぐら》をかいていたはずの新玉は既に、座敷へ横たわっている。烏面の下にある口元は緩みきっており、昼寝でも始めそうな勢いだ。

(こんなに自由気ままな死人が、こいつの他にいるだろうか、……)

苛立ちもすべて呆れに変わり、溜息混じりに腰を下ろす。そうしてから刻雨は、また別の意味で、深く長い溜息をついた。

　幽鬼らしさもなければ自覚もないこの幽鬼、萬景国守《くにもり》稜賀《りょうが》新玉。彼らが桑黄山にて正体不明の刺客に襲撃されたのは、既に七日も前のことである。となれば、てっきり世間にもその話題が出回っているものと思ったが、町の人々の様子をうかがう限り、そういうわけでもないらしい。瑞鏡帝《ずいきょうてい》より萬景の国を任され、統治を行う萬景国守とその配下——。それが襲撃され、国守は生死不明となれば、町中でもなにかしらの混乱が起こっていそうなものである。だがその片鱗すらも、礼黄の町には見られぬのだ。

（彼らが襲われたのは、あくまでも非公式な外出の最中だ。国が公表しなければ、あるいは生き残った者が民衆にそれを告げなければ、一般に知れ渡るものではないのだろう。国内の混乱を恐れて、あえて事態を伏せているのか、あるいは）

——俺は稜賀の新玉。

　刻雨の前でくつろぐのっぺらぼうは、あの晩、確かにそう名乗った。天狗に話を聞いた限り、この青年が葬っていた武者達はいずれもそれなりの武具を身に着けており、国守の配下であると言われれば、納得できる程度であったらしい。だがそこに萬景の武家らしい、家紋の類は見られなかった。新玉本人の亡骸にすら、身分を示すようなものは、一切なかったというのである。

　身を忍んでの内情視察であったから、その手の物を携行せずに出かけたのだと、納得することもできるだろう。だがその上で、新玉には、——

――あの者は己の死を目前にして、何故だかその脇差で、己の顔をめった刺しにしてから、息絶えておったのだ。

最早顔すら、ないのである。

肩からおろした袈裟袋を、そっと座敷の上へ置く。中には天狗から預かった、新玉の脇差が入っていた。

(脇差にも、それらしい紋は何もなかった。だが目利きに見せれば、業物《わざもの》かどうかの判断はつくだろう。銘でもあれば話が早いが――、なんにせよ、)

己の腕を枕にして横たわる、のっぺらぼうをちらと見る。

刻雨が今、気にかけるべきはまずひとつ。萬景国守稜賀新玉は、果たして本当に死んだのか。目の前の幽鬼は本当に、――稜賀新玉その人なのかということだ。

「萬景国守は、」

唐突なその声を聞き、思わずぎくりと肩を震わせる。まるで他人事《ひとごと》のように呟いたのは、他でもない新玉だ。彼は無防備に横たわったまま、続けてこんな事を言った。

「しばらく前から肺を病み、民衆の前に姿を見せていない。そういうことになっているらしいな」

言われてみて、ふと思い出す。そういえば刻雨が桑黄山へ向かう前、食事処で会話をした商人の男も、そんな事を言ってはいなかっただろうか。

刻雨と別行動をしている間、新玉はてっきり遊んでいたのだろうと思いきや、そういうわけではなかったらしい。「そのようですね」と刻雨が曖昧に答えれば、彼は更にこう続ける。

「九月十日、その日に俺達は凱玲京を出て、視察の旅を始めた。聞いた話では、稜賀新玉が病に臥したのが九月の中旬、噂が民衆に広まり始めたのが、同じく九月の末だという。同時期に、帝都琅然大京《ろうぜんたいきょう》から瑞鏡帝の使いが凱玲京へ向かったそうだ」

——なんでもその一行は、帝領《ていりょう》から派遣された千寿萬歳《せんじゅばんざい》の為の祭祀官だとか。今の萬景国守様は、御年十八の若さでおられるが、先代様に似て外交上手、更には政にも長けていらっしゃる。その功が認められ、瑞鏡帝が御自ら、此度《こたび》の祭祀を指示されたのだと、もっぱらの噂なんだよ。

——しかし、……千寿萬歳には、まだ時期尚早なのでは？

——千寿萬歳に先んじて、病に臥せっておられる、国守新玉様の病気平癒を祈祷しにいらしたそうな。

　そういえば、そんなやりとりもした覚えがある。あの時は銭袋をなくしたことに動転して、すっかり上の空でいたが——。

「では『稜賀新玉が肺の病』という噂は、あなたが凱玲京を不在にしていることを、公にしたくなかった何者かが流した、嘘ということになりますかね」

　刻雨が問うても、新玉はすぐに答えない。ただ寝転がったまま無造作に足を組み、しばらく間を置いてから、彼は「いや」と言葉を返した。

「そんな噂を流す意味がない。俺が不在にすることを、側近達は皆承知していたし、隙あらば萬景の土地を侵そうとする長塚《ながつか》、玉襷《たまだすき》とも、春先に講和を結んだばかりだ。厄介なのは内海向こうの来栖《くるす》だが、俺の不在に窮する事態になったなら、そんな嘘を流すより先に、こちらへ報《しら》せをよこせばいい。俺の居場所は常にあいつに伝えていたから、報せをよこすのに不自由があるはずもない」

独り言のようにそう言って、しかし彼は怪訝な声を上げると、起き上がって首を傾げた。なにか思い当たることでもあったのだろうかと、刻雨は言葉が続くのをしばし待ったが、そういうわけではないらしい。ならばと思い、「あいつというのは？」と問うてみても、やはり新玉は答えない。答えないどころか、まるで刻雨の言葉など聞こえていないかのように、じっと視線を落としている。

（なんだ、……？）

そっと手を伸べ、新玉の顔の前でひらひらと振ってみる。こののっぺらぼうは目で物を見ているわけではないのだから、そうしたところで意味などないやもしれない。かといって幽鬼を相手にどう行動するのが正しいかなど、誰も知らぬのだから、ひとまずはこうして、人間にするのと同じようにしてみるしかないだろう。

だがそこまで考えて、刻雨は身を硬くした。

――当人が己の死に気づいていないのなら、そのままにさせておくのが良かろうな。

――あれは色々と規格外だ。巨大な幽鬼を独力で祓ったことを考えても、おぬしの牙卵《がらん》を取り込んだことを考えても、その身にどれほどの力を秘めているやら想像できん。幽鬼であることを自覚させては、必ず厄介事の種となる。

　この幽鬼は規格外。そもそも新玉が、何故自我を保てているのかすら、刻雨達にはわからないのだ。ならば。

　今、この瞬間に何らかのきっかけを得て、――幽鬼としてあるべき姿に至る可能性も、無いとは言いきれないはずだ。

　緊張感に胸が鳴る。しかし息を潜める刻雨の一方で、新玉は何事もなかったかのように顔をあげると、「思い出せん」と困惑した様子で告げるのみだ。

「な、何を、ですか……？」

「いや、あいつっていうのがな」

　怪訝な様子でそう話し、新玉がまた首を傾げる。あいつ。つい先程、新玉自身が語った人物のことであろう。その人物に、新玉は己の居場所を伝えていたのだという。ならば恐らく、城に残った側近のひとりではないだろうか。刻雨がそう言えど、新玉は腑に落ちた様子もなく、胡座をかいて己の顎に手をおき、何か考え込んでいる。

「側近……？　だが、敦賀《つるが》でもない、大垣《おおがき》でもない、須賀《すが》、汐越《しおごえ》、いや……」

　他の記憶は驚くほど鮮明な中、ぽっかりと抜け落ちたそれはともすると、彼の死に由来する、大きな鍵となるやもしれない。新玉も、何かしらか感じるところがあったのだろう。だからこそこうして、必死に思い出そうとしているのではなかろうか。

「実のところ、桑黄山で牙卵を喰った辺りから、靄《もや》がかかったみてえに思い出せねえことがいくつかあるんだ。思い出さなきゃならねえのに、そう思えば思うほど、記憶が引っ込んでいっちまう。もどかしくって仕方ねえ。一体どうしちまったんだ」

いくらかの苛立ちを見せながら、新玉がそう言い捨てる。聞いて刻雨は、慌てて、しかしやんわりと、「そういうこともあるでしょう」と告げた。

「そういう時は、無理に思い出そうとしても、なかなか出てきませんよ。他のことを始めたほうが、存外、何かの拍子に頭に浮かんだりするものです」

あまり深く考え込んで、必要のないこと——、己が既に死んでいることまで、思い出されてはたまらぬ。

(真相を解明するには、勿論情報があるに越したことはないが、……。町中で、自我を失われてはかなわない)

得体の知れないのっぺらぼうが、危険なことは確かなのである。仇討ちに協力するとは言ったが、危ない橋を渡るつもりはない。

自我を失う予兆があれば、騙してでも、御晴野の磐座《いわくら》へと連れてゆく。剱日女《つるぎひめ》なら新玉が乱心したところで、それを祓うことができるだろう。もっとも、その場合に刻雨の牙卵がどのような末路を辿ることになるのか、考えたくはないものだが。

ふと室内へ射した光に、刻雨はいくらか目を細めた。開け放たれた窓から、もう随分と傾いた秋の夕陽が射している。虫の鳴く声、抜ける風。だがそれらを涼やかに感じられるのも、今のうちのことである。穏やかな秋など一瞬だ。すぐに冷たい冬が来る。

そろそろ障子を閉めようか。そう考えて手を伸ばし、ちくりと腹が痛むのを感じて、刻雨は小さく呻き声を漏らした。桑黄山で受けた傷は、天狗の妙薬により恐るべき速さで回復してはいたものの、今でもまだ痛むのだ。腹に手を当て、蹲《うずくま》った刻雨を見て、

「少し眠ったらどうだ」と新玉が言った。

「鍾乳洞の心地も悪くはなかったが、座敷で横になるほうが傷にもよかろう」

立ち上がった新玉が、刻雨の代わりに障子を閉めかけ、しかしそのまま手を止める。夕焼けに照らし出された礼黄の町を、黙ってしばし眺めた彼は、ふと、愛おしげに微笑んでみせた。

「良い町だと思わないか。諸国を旅した法師殿の目には、どう映る?」

突然の問いかけに、「えっ?」と思わず聞き返す。町の良し悪しなど考えてもいなかったが、礼黄の町はよく栄えているし、餓えて苦しむ者の姿もないように思う。良いところなのではなかろうか。刻雨がそう答えれば、新玉は笑みを深くして、「なんと言っても、この俺の治める国だからな」と得意げだ。

「おまえ、萬景は初めてか?　牙卵のことが解決したら、また旅に出るつもりなのかもしれねえけど、定住する気になったらいつでも俺に言うといい。色々世話してやるからさ」

当たり前のように未来の話をする彼に、応えられぬままへらりと笑う。

「萬景の国は治世も安定、今や住みよい国番付、堂々の第一位だからな」

「そんな番付があるのですか。一体、どなたが序列を決めるのです？」

「うん？　俺が勝手に決めたけど」

「ほう……、それは、なんと言いますか……」

身内贔屓《びいき》になりはしないか。言いかけた言葉を、しかし刻雨は飲み込んだ。

夕陽に照らされ、じっと礼黄の町を見下ろす彼の表情があまりに——、慈しみに満ちて見えたからだ。

「この刻限の町を見るのが、いっとう好きでさ。あちこちの竈《かまど》に火がついて、煙が薄《う》っすら立ち上ってて。ちびどもがきゃあきゃあ言いながら、自分の家へ帰るんだ。そこかしこから、夕餉《ゆうげ》を作るいい匂いが、……してきてさ」

何故だか俄《にわ》かに、新玉の言葉がまごついた。しかし彼は何でも無いような仕草で今度こそ障子を閉めると、そのまま部屋を出てゆこうとする。「どこへ」と問えば、新玉はにやりと笑んで、「ちっとばかし遊びにな」とだけ答えた。

「しかし新玉殿……、あなたは今、牙獣《がじゅう》に近しい存在になっていますから、」

「主人たる法師から、そう遠くは離れられない。だろ？　わかってるさ。おまえが鍾乳洞で眠っている間も、それなりに山中を歩き回ったからな。どの程度の距離まで行けるのかは、もうなんとなくわかってる」

「その顔、人に見られては騒ぎになりますからね、」

「はいはい、そんなヘマはやらかさねえよ」

　ならばいいかと結論づけて、新玉の言う通り、ごろりと座敷へ横になる。息を整えて目を瞑《つむ》れば、じわりじわりと刻雨を苛《さいな》む傷の痛みも、いくらか和らぐような気がした。

「ああそうだ。ここの食事処は、揚げ茄子《なす》の味噌田楽が絶品なんだ。部屋へ運んでもらえるように言っておくから、痛みがおさまったら食べな。おまえ、一文無しなんだろ？ここは俺が奢ってやるよ」

　女将との会話を聞かれていたのか。体裁の悪さに口をつぐんだ刻雨を置いて、新玉は軽やかに階段を降りてゆく。

「新、久しぶりじゃねえか。元気にしてたか？」

　ぼんやり聞こえる男の声。耳を澄ませればその他にも、階下で人々がやり取りするのが聞こえてきた。

「新が来たってんで集まったのに、おいおい、なんだあその面は」

「船の仕事はどうだって？　いや、また背が伸びたんじゃねえか」

「おまえが言ってた臥山《がざん》の里芋、確かに南へ持っていったら、随分高く売れたよ！」

「ちくしょう、なんでおまえばっかり、女にちやほやされるんだ」

「萬景と玉襷の講和がなったおかげで、商売大繁盛でさあ。ほらほら、一杯酒でも飲んでいけよ」

　ぶうんと耳元で鳴る羽虫の音に、軽く手を振りそれを払う。賑やかな食事処とはうって変わり、しんと静まる二階の部屋で、ひとりもぞもぞと寝返りをうつ。

（人気者だな、……）

萬景国守という大層な肩書を名乗りながら、着流し姿で身分を偽る青年は、ちっともそれを思わせない。町の人々に溶け込んで、同じ目線で笑い、語らい、世話を焼くようなことすらする。

そういえば、いつか話した商人は、国守たる稜賀新玉のことも随分褒めていたっけ。国守としても、ひとりの人間としても周囲から一目置かれるなどと、前世ではよほど徳を積んでいたのに違いない。そんなことを考えて、しかし刻雨はぼんやり目を開けると、視線の先にある袈裟袋を静かに眺めた。

（ああ、だけど、……）

あちこちが擦り切れ、布地の傷んだ旅の荷物。数日前まで牙卵を収めていたその袋に、今は、――血の滲んだ、新玉の脇差が入っている。

――もうじき礼黄の町が見えてこようという頃に、何者かに急襲された。

――理由はわからぬ。だがあの者は己の死を目前にして、何故だかその脇差で、己の顔をめった刺しにしてから、息絶えておったのだ。

彼の生命は既に、潰《つい》えているのであった。それを改めて思い出す。

（まだ十八なんだっけ）

――俺にはまだ、やらなきゃならねえ仕事がたんとある。どうしても、動ける身体が必要なんだ。

（俺だって、一歩間違えば死んでいた。だが、それを天狗に生かされた。得体の知れないのっぺらぼうを、無闇に野へ放さぬため――、新玉を監視させるために）

どくりどくりと脈を打つ、己の傷に手を当てる。ああ生きている、そう感じる。この痛みは生きているからこそ、感じられるものでもあった。新玉もきっと、配下を討たれ、ひとりきりで山中を彷徨《さまよ》い歩く間は、苦しい思いをしただろう。己の顔を裂くほどに、狂乱したやもしれぬのだ。

だが彼は、――既に、その理《ことわり》から外れている。

（おまえが俺を生かした。だからしばらくは、こうしておまえに付き合おう）

段々とまぶたが重くなる。少しくらい、ここで眠ってもいいだろう。傷のこともある。身体を休めなくては。刻雨が、これからも生きてゆくために。

――牙獣とは、白牙法師の魂の伴。

（せめて俺は、おまえの）

死出の旅の、伴を務めよう。

―― 赤琥七二〇年 五月 三日 ――

常であれば寧静《ねいせい》たる飛鳥井《あすかい》緑院《りょくのいん》に戦慄が走ったのは、夜も更けきった丑の刻の頃であった。古くより飛鳥井の一門を守ってきた神山、仁駱山《にらくさん》を、天地開闢《かいびゃく》以来と叫ばれる暴風雨が襲ったのだ。

ごうごうと吹き荒れる風が北の御殿と南の御殿とを薙ぐように通り抜け、激しく雨戸を震わせる。部屋を囲むように敷かれた廊下からは、駆けずり回る使用人達の足音が聞こえていた。忙《せわ》しなく駆ける彼らの口からは、能竜川《のうりゅうがわ》の水が氾濫しただの、仁駱山で土砂崩れが起こっただのと、不穏な話題が絶えず行き交っている。

「最早ただの天災ではない。我々は、かくも強大な祟りに見舞われている」

そんな言葉が聞こえ始めたのは、いつの頃であったろう。

天地を覆すかのごとく、轟《とどろ》く地響きの重い音。同時に起こった大揺れに、ひとりぽつんと座敷牢に囚われていた少年――七つを迎えたばかりの天千代《あまちよ》は、ふらりとその場へ立ち上がった。

渾天《こんてん》の隅々からかき集めたかのような、鋭い風の吹き荒れる音。地に立つすべてを打ち倒さんとするように、叩きつける大粒の雨。天千代に察せられるのは、音と揺れ、それだけであった。彼は生まれ落ちた瞬間から、御殿の内に座敷をあてがわれ、その内でのみ生きていた。彼を世話する人々は、誰しも彼を崇め奉り、一門に加護を、栄光を与えよと跪《ひざまず》いて、天千代のことを閉じ込めた。

――この屋敷が、おまえのすべてであれば良い。

飛鳥井の当主、天千代にとって伯父にあたる男は、事あるごとにそう告げた。まだ幼い天千代に、言葉の意図は汲みきれぬ。けれど男の言葉に従い、一族を富ませることこそが、己に求められる価値であるようだと、天千代もそれは理解していた。

「飛鳥井一門は、神鹿《みろく》の加護を手中に収めた。そういう触れ込みではなかったか」

「妹姫様が神鹿の子を宿し、産み落としたことは事実。だがあれは、天命などではなかったのではないか」

「おまえ達、何を根も葉もない事を言い合っている。まかり間違ってもそのような言葉、帝都に届いてはならぬ！」

それらの声の合間から、咆哮が轟いていた。返せ、返せと唸る声。それが、飛鳥井の誇る緑院を取り囲むように、渦巻いているのだ。

「いかなくちゃ。だってあのこえは、……わたしをむかえにきたのだもの」

そっと障子戸を開け、廊下を横切る。外へ出ようと試みるものの、どこもかしこも、しっかと雨戸が閉められているようである。背伸びをし、やっとのことで端の戸板を開け放てば、屋敷を渦巻いていた風雨は一斉に、この少年へと吹き付けた。

瞬時に髪も寝巻きも濡れそぼつ。それでも天千代は構わず、虚ろな面持ちで庭へ出た。裸足のまま、ぺたりぺたりと進んでゆけば、背後から名を呼ぶ声があった。

「天千代様、そこで何をしていらっしゃるのです！」

「お戻りください。危のうございます」

「そのように出歩かれては、お館さまのお咎《とが》めを受けましょう」

屋敷に仕える女官達であろう。けれど彼らは追ってこぬ。天千代のことが怖いのだ。人とは違う、毛に覆われた肌。厚い爪。そして何より、──頭に生えた、大きな鹿の角。この少年の異形ゆえに。

空は妖しげに、紫色に淀んで光っていた。その光が何であるのか、天千代は知らぬ。ただひたひたと、嵐の中を進んでゆく。ゆかねばならぬ。多くを与えられず、育たぬ心のまま彼は、しかし嵐の只中から呼び続ける咆哮に応えようとした。

（あらしをおこすもの、ひとびとに害をなすもの、──）

天千代が歩くその度に、じゃらり、じゃらりと金属音。日頃、天千代を座敷牢に繋ぎ止めているその鎖は、今も少年の足に絡みついていた。それでも出歩くことができるのは、鎖のつなぐもう一方、座敷の壁に埋め込まれた鉄輪から、鎖が解かれていたからである。常であれば週に一度の湯浴みのときにのみ解かれる拘束が、何故この晩に限って解かれていたのか、確かなことは彼にはわからぬ。けれど誰かが、──ともすれば、ほんとうを知る誰かが、あるべきものをあるべき場所へ返そうと、そう画策したのやも知れなかった。

──あの子供は祟られている。あの子供は、一門に不幸を招き入れる存在だ！

　天千代に、周囲の思惑は判ぜぬ。だが赴くことができるなら、己は呼びかけに応じなければならぬという、確信のみがあった。

（わたしをむかえに、……きてくれたのだもの、）

　ぐっしょりと濡れた衣服が、身体にまとわりついている。立ち止まり、天千代は嵐に向かって手を伸べた。抱擁を求めるようなその仕草に、風がぶわりと音を鳴らす。しかし天千代が穏やかに目を閉じた、その瞬間。

　嵐ではない、何か別の暴力が、天千代の脳天を揺さぶった。

　脳裏が一瞬真っ白になり、気づけば尻餅をついていた。殴られた。それはすぐに理解した。見れば天千代のよく知る男が、肩を怒らせて立っている。

「おじうえ、……」

　間髪を容れず、今度は頬を叩かれた。舌を噛んでしまったのだろう、じわりと血の味が、天千代の口内へ広がってゆく。

「おまえの言葉は穢《けが》れている」

　有無を言わさぬ男の声。恥じた天千代が口をつぐめば、ずぶ濡れになったこの男は覆いかぶさるかのように身をかがめ、力任せに、天千代の両目を手で塞ぐ。

「おまえの目は穢れている。おまえの手足は穢れている。――おまえは穢れている。おまえが見たもの、触れたもの、発した言葉の何もかもすべてが、救いようもなく穢れている。おまえを手に入れさえすれば、我が一門の宿願は果たされようと信じていた。だが実際はどうだ。おまえは我らに、災厄を運んだだけではないか」

肌に大粒の雨が打ち付ける、嵐の真っ只中。しかし耳元に囁きかけるようなその言葉は、天千代の耳に、がらんどうのような心の内に、幾重にも降り積もってゆく。

穢れている。私の言葉は穢れている。私の手は、足は、耳は、目は——。

「何をしている！　これを今すぐ牢へ戻せ。鎖で縛って足りぬというなら、岩屋を掘って埋めてしまえ！」

喚き散らすその声に、天千代の心が竦《すく》み上がる。岩屋とはどんなところであろう。埋めてしまえとそう言った。そこは今まで閉じ込められてきた、ひとりぼっちの部屋よりもっと孤独な場所なのだろうか。

物を知らぬ天千代には、想像もつかないことであった。だが、だからこそ、この伯父の言葉は少年を大いに震え上がらせる。

「兄上、それに——天千代！　何をしておいでなのです」

使用人達が天千代の腕を取り、鎖を引く一方で、雨戸が開け放たれたままになった廊下からは、耳に馴染んだ女の声が聞こえている。

「すぐに戻っていらっしゃい。おまえにお外は毒なのです。外へ出てはだめ。何も考えてはだめよ。その代わり、おまえの身の回りの何もかもすべて、母様《かかさま》がしてさしあげますからね。おまえはただ、わたくしに身を委ねていればよいのですよ」

柔らかなその言葉に、天千代の身体が強張った。優しい声。心から天千代を労《いたわ》ろうとする、——天千代から意思を奪おうとする、有無を言わさぬ母の声。

ああ、そうであったと思い出す。

天千代にはいつだって、どれほどの自由も与えられてはいなかった。

(この時の嵐が発端になって、飛鳥井が神鹿を害したことが世に知れた。——それで最終的に、飛鳥井の一門はお家お取り潰しになったんだ)

ぼんやりと遠のく、記憶の中の母の声を聞きながら、思わず苦笑を浮かべてしまう。

(神鹿の子でありながら、人の胎から生まれ落ち、——加護どころか祟りを振りまき、身近な者を呪い潰した。野に下ってからは物のように人々の手を渡り、思考する力すら奪われて、……ああ、そうだ。私は、……俺は)

記憶の中の景色が流れてゆく。檻に閉じ込められ、異形の者として流れ暮らした三年間。人々は彼を面白おかしく見世物として祭り上げ、なんらかの切っ掛けで封じきれぬ祟りの片鱗を察するやいなや、素知らぬ顔で次の者へと売り渡した。

(俺にあるのは、神鹿の遺した祟りだけ、……)

関わった多くを、じわりじわりと破滅へ追い込んだ。飛鳥井の一門に、人買い、見世物小屋の類。

そして、——

「なあ、おまえさ」

不意に聞こえた子供の声に、びくりと肩を震わせる。

忘れもしない少年の声。今でも耳に残って離れぬ、彼にとっての後悔の声。

「本当はこんなところ、出ていきたいんじゃないのか？」

何を言われたのだろうかと、虚ろな視線を声へと向ける。見世物小屋の車に乗せられ、あちこちを転々としていた頃のこと。身体中に貼られた声聞法師《しょうもんほうし》の札のために、祟りとともに思考を封じられていた天千代は、己へ語りかける珍しい存在を、ぼんやりと眺めていた。

声の主は、天千代の世話をするために、雇われたばかりの少年であった。天千代を見る人間は、誰しも彼の異形に眉を顰《ひそ》めるものなのに、少年の表情に毒はない。彼の問いは、ただ純粋な興味から飛び出したもののようであった。

「ほら、この前――。おまえ、檻にかけてあった覆い布を剥がしただろ？　驚いたよ。おまえは人間とは違って、意志なんか持ってないって聞いてたからさ。でもあの時、泣き出しそうなおまえの顔を見て思ったんだ。何か、言いたいことがあるんじゃないか。今は札で封じられてるだけで、本当は人間みたいに、悲しんだり、怒ったり、心の中ではしてるんじゃないかって」

少年の手が恐る恐る、天千代に貼られた札に触れる。むず痒さに身を竦めた天千代を見て、彼は「ごめん」と謝り、しかし躊躇《ためら》いなく、――札を一枚、切り裂いた。

「こんなふうに閉じ込められて、道具みたいに扱われるの、俺ならとても耐えられない。……今ならこの札、全部剥がしてやれる。そうしたらおまえ、自分の足で歩けるか？」

ああ、そうだ。この少年はそう言って、善意から天千代に手を伸べた。

（それなのに、俺があの子に与えたのは、――）

加護ではなく、やはり、祟りであった。

＊＊＊

ぼんやりとした光を感じ、薄っすらと目を開く。

暗がりの部屋の中。視界が定まらぬまま、それでも刻雨が呻き、小さく伸びをすると、

「おや、ごめんよ」と女の声がした。

ここはどこであったかと、寝ぼけた頭で考える。そうだ、新玉と訪れた礼黄の町で、食事処の一室を借りているのだった。

少しうとうとするはずが、どうやら深く眠ってしまっていたらしい。外はとっぷりと暮れており、通りに吊るされた提灯の明かりが、障子を隔てて浮かび上がっている。刻雨が身を置く薄暗い室内には、ぼんやりと移ろう瓦灯《かとう》の火だけが灯っていた。

「起こしちまったかねえ」

刻雨の脇に膳を置き、そう言ったのは食事処の女将であった。どうやら眠りこけていた刻雨のもとへ、夕餉を運んでくれたらしい。膳には新玉の言っていた、揚げ茄子の味噌田楽らしき料理も載っている。慌てて身を正し、礼を言う刻雨に、女将は笑ってこう

言った。

「いやいや、いいんだよ。新ちゃんから聞いたけど、あんた酉峠道の幽鬼退治で、本当に死にかける程の酷い怪我をしたそうじゃないか。ちゃんとしたところで療養しなくて大丈夫なのかい」

「はい、えっと、……」

天狗の妙薬の話を、その存在を知らぬ人間に告げるのは禁じ手である。「よく効く薬がありまして」とだけ言えば、女将は良案を思いついたという様子で、「夕餉、ここへ置いておこうかと思ったけど、起きたなら下で食べるのがいいかね」と言った。

「こんな薄暗い中でひとりきりで食べるより、賑やかなのがいいからねえ」

階下からは、何やら楽しげな笑い声が漏れ聞こえてくる。しかし刻雨は誘いを断るつもりで、「いえ」とすぐさま口を挟んだ。

他に致し方なければ贅沢は言わぬが、こうして落ち着ける場があるのなら、そこを離れたくはない。しかし刻雨の意見など、はじめから聞く気はなかったのだろう。女将はひょいと膳を持ち上げると、さっさと階下へ向かってしまった。お預けを食う形となった刻雨は、慌てていくらか衣服を整え、袈裟袋と鹿杖とを引っ掴むと、その後を追いかける。

「女将さん、あの、私は、」

「この前のタダ飯食いのことなら、もうだあれも気にしちゃいないよ。それどころか、みんなあんたに感謝してる。堂々としてな」

「えっ？　あ、あの、そうではなく、」

賑やかなところは、そもそもあまり得意でないのだ。薄暗い部屋でひとり静かに食事をとることの、何が悪いやら刻雨にはわからぬ。だがそれを主張するより早く、

「おまえさん達、見習いさんがお目覚めだよ」

明るくそう言う女将の言葉に、店内の客が振り返る。その視線を一身に浴びることとなった刻雨は、「ひえ」とまた情けない声を上げた。

つい数日前にこの食事処で、散々な目に遭ったばかりなのだ。身構えた刻雨の一方、しかし人々は朗らかに、刻雨のことを迎え入れた。

「白牙法師の兄ちゃんか！　なんだい、見事な幽鬼退治だったらしいじゃねえか」

「並み居る幽鬼をちぎっては投げ、ちぎっては投げ、大活躍だったたって？」

何を言っているのかと、思わず眉間に皺が寄る。勧められるまま座敷へ腰を下ろし、刻雨が箸を手に取る間に、猪口《ちょこ》にはなみなみと酒が注がれていた。促され、それを一息に飲み干せば、周囲はまるで祭の場でもあるかのごとく、盛り上がりを見せている。

「三日に渡る死闘を繰り広げたそうだな」

筋骨隆々とした男がそう言って、また刻雨に酌をする。わけがわからぬまま、しかし素直に酌を返せば、男は訳知り顔で頷いた。その脇から別の男がしゃしゃり出て、昔からの友人だとでも言わんばかりに、親しげにこんな事を言う。

「新から聞いたよ。西峠道で幽鬼に襲われ、万事休すってところへ、あんたが颯爽と現れたんだって？」

「共闘したとか新は言ってたけど、普通の人間に幽鬼は祓えないからな。あんたが倒してくれたんだろ？　なあなあ、実際はどうだったんだ？　すげえ幽鬼だったんだろ？」

急に話を振られても、どう答えるべきかわからない。死闘だの共闘だのと、まったく話についていけないのだ。

（新玉、あいつ有ること無いこと言いふらして……！）

慌てて周囲を見回せど、新玉の姿はどこにもない。そうこうしているうちに刻雨は、楽しげに笑う男達にすっかり取り囲まれてしまった。

まあ飲めと再び酒を注がれ、猪口に口をつける。燗《かん》をつけた、爽やかな風味のある酒だ。御晴野で稀《まれ》に口にする酒といえば神酒《みき》の類であったし、旅を始めてからは資金も限られていたものだから、酒の味には詳しくない。だがこれは美味《うま》いと感じた。思わず舌鼓をうち、注がれるまま飲み干せば、「案外イケるじゃねえか」と周囲の人々も興に乗った様子である。

「あんたのおかげで命拾いしたって、新がいたく感謝してたよ。俺達からも、どうか礼を言わせてくれ。あいつは俺らの身内みてえなもんだからな」

「女将、辛口も出してくれよ。ほら、勝間《かつま》の酒があったろう。見習いさんに飲ませてやるんだ」

「こっちのツマミも食ってみな。知ってるか？　萬景名物、権田《ごんだ》味噌ってやつだ」

次々に出される酒や肴《さかな》を、美味い、美味いと頬張った。新玉が吹聴したらしい大捕物は事実と随分乖離していたが、生死の境を彷徨うほどの目には遭ったのだ。少しくらい、ちゃっかりしても罰は当たらぬことであろう。

存分に美味を味わいながら、周囲といくらか話してみれば、段々と、彼らのこともわかってきた。この店へ集う多くは馴染みの客であるが、いずれも、昔から礼黄の町に住んでいたわけではないらしい。

萬景の国は豊かだが、長く平和を享受してきたわけではない。帝の治める帝都琅然大京から程近い、帝領の守護国たる萬景は、帝領からの深い加護を享受する一方で、その権力闘争に深く巻き込まれてきた。

帝領とはすなわち、始祖の神によって天地が開闢して以来、西域一帯の霊場を治めてきたとされる皇《すめらぎ》一族の領土である。領内に数多《あまた》の霊山をもつこの一族は、周辺諸国に神霊的加護をもたらし、崇め奉られることで、その神聖を保ってきた。

帝領自体は表立った兵力を持たず、守護国と定めた国に領土を護らせる代わりに、加護を与え、その土地を多く実らせる。帝領の守護国となることは、西域の諸国にとっては大変な名誉であり、繁栄の象徴でもある。だからこそ諸国は、次期帝と目される人物に囁きかけては、勢力図の書き換えを図るのだ。

萬景は今のところ、過去五十余年に渡り帝領の守護国に選出されている。というのも、それと同じ期間だけ、帝領では一定の一門から帝が輩出されてきたからだ。

「この国が一番荒れてたのは、十五年前の長塚との戦の頃かねえ」

十五年前といえば、ちょうど帝領では、先代の悟克帝《ごこくてい》の崩御をめぐり、吉野西鶴《よしのさいかく》の一門と、飛鳥井の一門が跡目争いをしていた頃合いだ。吉野西鶴は萬景と、飛鳥井は長塚と結び、事あるごとに争った。萬景は先帝より賜った加護があるにも拘《かか》わらず苦戦を強いられ、その弱体化を見て取った玉襷に挟み撃ちをされることとなり、酷く荒廃したのだという。

当時、帝領の神霊的加護が弱まった背景には、仁駱山の神鹿の不在も関与していただろう。そんなことを思いながら、しかしおくびにも出さず、「皆さんご苦労をされたんですね」と静かに深く相槌を打つ。

「だが、萬景の国はこれほどまでに甦った」

元は玉襷との国境《くにざかい》に近い村の農夫であったという男が、しみじみと口にした。

「二年前、稀代《きたい》の俊傑と名高かった、先代国守の射鶴《いづる》様が志半ばで急逝された時は、お先真っ暗かと思ったがね」

「あれだけの戦がありながら、国がすぐ復興路線に動いたのは、射鶴様のお力が大きかったからな。だが政務を引き継がれた新玉様も、お若いながらご立派だ。最近じゃ、国をまたいで交易もできるようになったし、継ぐ土地のない奴らには、橋づくりや土地の開墾なんかの仕事の斡旋もあるんだ。労働条件も悪くねえ」

「そうそう。そっちに人を取られちまうからって、商人達も使用人に支払う俸給をケチらなくなったしなあ」

「おかげで、食いっぱぐれることもなくなった。浮浪者が減って治安が良くなったんで、商売もしやすくなったねえ」

「国守様なんて雲の上の御方だと思っていたけど、まるで俺達の暮らしを理解しているかのように、心配りをしてくださるんだ」

それもそのはずだ。噂の国守新玉は、どうやら度々城下の町へ赴いては、名を偽って民と交流しているのだから。そうと知ったらこの町の人々は、どんな顔をしてみせるのであろう。

新玉が言った『住みよい国番付』とやら、案外、身内贔屓というわけでもないのやも知れぬ。苦笑して、刻雨はふと、いつまで経ってもあの青年の姿が戻らぬことを気にかけた。

「ところで、……新殿は、どこへいったのでしょうか」

刻雨がそう尋ねれば、周囲の人々が顔を見合わせ、「花街にでも行ったんだろう」と笑って首をすくめてみせる。

「あいつ、あの見た目であの性格だろ？　女衆が甘やかすんだよなあ」

「今日は何やら気落ちしている様子だったし、朝まで戻ってこねえかもな」

「ああ、確かに。顔に怪我をしたとか言ってたから、そのせいかな？　面で隠さなきゃならねえほどって、そんなに酷いのか？」

「元が結構な男前だからな。多少傷がついたところで、むしろ女受けは良さそうだが」

それを聞いて驚いた。この町へ訪れてからの新玉は、刻雨の前では、気落ちした様子など露ほども見せなかったのに。

（……、それもそうか）

新玉にとって刻雨は、奇妙な巡り合わせにより場に居合わせた、素性も知れぬ旅の法師に過ぎぬのだから。

男達が話すのを聞きながら、またぐびぐびと酒を呷る。酒とは飲む量に比例して、顔が赤らみ酔いを感じるものだと聞いていたが、存外にそういう兆候はない。量が足りていないのだろうか。しかし刻雨が、空になった杯を掲げた、その瞬間。

ちり、と肌を刺す緊張感に、小さく肩を震わせる。背筋に湧いた冷や汗に、刻雨ははっと顔を上げた。それが何かはわからない。わからないがしかし、何かがじっと、こちらを見ている。

「見習いさん、もう飲まねえのか？」

唾を飲み込み、顔に笑みを貼り付けると、「ええ」となんとか言葉を返す。

「少し、その、……酔ったようですので、もう休もうかと」

「言われてみりゃ、顔色が悪いな」

「病み上がりのとこ、飲ませすぎたか。悪かったな、階段登れるか？」

問われ、「大丈夫です」と声を絞り出す。しかし立ち上がろうとした刻雨の耳元に、囁かれた言葉があった。

「あれに牙卵《いのち》を与えたのは、おまえか」

ぎくりとして振り返る。けれどその場に見えるのは、他愛もない話で盛り上がる、町の人々ばかりである。では、今の声はなんだ。

今の言葉は、どういう意味だ。

眉を顰め、緊張から拳を握りしめる。だが深く考える暇はない。表通りから、騒ぎが聞こえてきたからだ。

男女を問わず、何やら恐怖に慄《おのの》く声。顔を顰《しか》めた刻雨は、店内の野次馬共と押し合いながら外の様子を確認し、舌打ちした。宵にも拘わらず人通りの減らぬ、礼黄の町の大通り。その人混みを割るように現れた、一つの影が見えたからだ。

「幽鬼、……！」

移ろいそこに佇むのは、一頭の幽鬼猪であった。一般的なそれより一回りは大きい体躯が、鼻息荒く前足で地を蹴っている。毛はボサボサに荒れ、ところどころが剥げ落ちて、異様な腐臭を臭わせているのが、距離を隔ててすら嗅ぎ取れた。

「っ、建物の中へ避難を！　はやく！」

咄嗟にそう声をかけ、己の袈裟袋と鹿杖とを手に取ると、悲鳴を上げながら建物へ逃げ込む人々とは逆に、刻雨は大通りへ躍り出た。

背筋に湧いた冷や汗が、つうと流れて止まらない。何故こんな町中に幽鬼が出るのかと、苛立ち混じりの疑念が浮かぶ。そもそも幽鬼という存在自体、容易《たやす》く発生する類のものではないのだ。桑黄山の幽鬼武者を祓って七日やそこらで、近辺に新たな幽鬼が発生するなど、偶然とは思えない。ならば。

――加護を与えることもかなわず、祟りを振りまく厄介者。

嫌な予感が胸を占めたが、この礼黄へは、逗留してまだ間もない。刻雨に課された祟りとは、直接関係しないはずだと、そう願いたい。

袈裟袋の中身を手でさぐり、竹簡を袖に忍ばせる。そうしたところで刻雨は、ぎくりと息を呑み込んだ。

この程度の獣型の幽鬼であれば、刻雨の手でも祓えよう。そう考えて前に出た。しかし幽鬼を弱らせたところで、それにとどめを刺せるのは、――牙獣か牙卵のみである。

(まずい、俺の牙卵は今――!)

幽鬼の突進を辛うじて避《よ》け、袖の内に忍ばせていた竹簡をすらり投げつける。

「雲《くも》、霧《きり》、室《むろ》、苔《こけ》、負《お》ふ為《せ》よ、――秋冬《しゅうとう》の呪、散!」

声に合わせて爆音が鳴る。刻雨の放った竹簡は、違わず幽鬼に届いたらしい。背に冷や汗が湧いて出るのを感じながら、それでも猪の身体から霧のような黒い血が溢れ出るのを確認した。避難しようとしていた男を捕まえると、刻雨は「花街はどこです」と息せき切ってそう尋ねる。

とにかく今は、幽鬼を弱らせながら新玉の元へ向かうより他に手段がない。桑黄山で幽鬼武者を祓った新玉には確かに、――彼が喰った、牙卯の能力が宿っていた。

「花街？　こ、ここから真っすぐ行って、赤形橋《あかなりばし》を渡った先に花街があるが……」

「なんで今、」と尋ねる男を押しのけて、再び突進してきた幽鬼から逃がす。自身は前転の要領でごろりと地を移動すると、刻雨は、噴出した幽鬼の血を自らの手の甲へと塗りつけた。幽鬼は大概、己を殺した者を真っ先に喰い殺そうとする。そのせいか、己の血の臭いのついた者を認識すると、それを標的とする習性があるのだ。血を塗った肌はぴりりと痛んだが、こうして幽鬼の臭いをまとっておけば、誘導せずとも刻雨の後についてくるはずだ。

そう考えて幽鬼の方を振り返り、「ひっ」と短く息を呑む。

見れば視線の先に、先程弱らせた猪の他に四頭、幽鬼猪の姿が立ち並んでいたのだ。

「うそ、うそうそ、嘘だろ」

鹿杖をぎゅっと握りしめ、人々を避けて走り出す。まだ癒えきらぬ腹の傷が悲鳴を上げたが、気にかけている余裕はない。

「あ、あらた、……新！　どこですか、新殿――！」

大声でそう叫びながら、町の中を駆け回る。幸いなことに幽鬼猪は、そのすべてが一直線に、――刻雨をめがけ、追ってきていた。

町人に害が及ぶことを考えれば、あちこちに散られるほうが厄介だが、こちらも死にものぐるいである。時に呪の竹簡を放ち、時に道端に置き去りにされていた桶を引っ掴んで投げつけてみるものの、相手は怯む様子もない。

足を止めずにひた走る。時たま、勢い余った猪が手水場《ちょうずば》に突っ込み、その戸に突き刺さった牙を抜こうと藻掻《もが》いているような合間に、なんとか距離を取るものの、事態が好転しようはずもない。

「赤形橋、赤形橋――」

聞いたとおりに向かいたいとは思いつつ、宵の礼黄を行く人々を避けようとするばかりに、足がでたらめなほうを向く。それでもようやく、町を二分するように流れる太い川を見つけ、刻雨はほっと息をついた。走り回ったために方角は曖昧になっていたが、これまでの道のりを鑑みるに、橋があるのは上流に行ったほうであろう。しかし。

顔を上げ、視界に入ったその町並みに、刻雨は肩を震わせた。何気なく足を踏み入れたその場所に、見覚えがあったのだ。

――さあさあ、見てってくんな！　こいつは珍しい、獣憑きの子供だよ！

あまりにも鮮明なその声が、瞬時に脳裏へ蘇る。

喧騒に、負けず劣らずの呼び込みの声。暑い夏の日、止めどもなく流れ、肌を湿らす不快な汗。

煩わしく鳴る心臓の音に足を止め、耐えきれず胸を手で掴む。

覚えがある。この道は、――

(あの時も、……俺はここを走ってた)

――今ならこの札、全部剥がしてやれる。そうしたらおまえ、自分の足で歩けるか？

「あ」と思わず声が出る。全身に鳥肌が立っていた。一歩、二歩と後ずさり、しかし背後から聞こえた幽鬼猪の威嚇の声に、我に返ってまた駆ける。

――俺達は、ただ生まれてきちまったから生きてんだ。どう生きようが自由なんだよ。

(あれは、……礼黄での、出来事だったのか)

もう十年も前、まだ刻雨がその名を持たず、天千代と呼ばれていた頃のこと。意思と自由を奪われ、見世物小屋で晒されていた異形の子を、逃がそうとした少年がいた。彼はあの時、天千代の頭へすっぽりと布を被せ、もたもたと走る手を引いて、――太い川に架かった赤い橋、今になって思えば、赤形橋と呼ばれるその橋を渡ろうとしていたのだ。

だが。

(何故、今)

眼前に架かる橋の上。あの橋で、ふたりはしかし、血眼になって天千代を捜していた、見世物小屋の主人に捕まった。

――おねがいします。もう叩かないでください。その子はただ、わたしを、たすけようとしただけなのです。

刻雨の身の内に、燻《くすぶ》り続ける後悔がある。

ふたりを見つけた見世物小屋の主人は、怒りで我を忘れていた。彼は天千代をその場へ突き倒すと、天千代を連れて逃げた少年の上へ馬乗りになり、それを、力任せに幾度も殴りつけた。やめてくれと泣き叫んでも、男の耳には届かなかった。周囲に助けを求めても、明らかな異形の天千代を見て、逃げ出す者がほとんどであった。そうこうしているうちに男は、ぐったりとした少年の体を持ち上げて、——高い橋の上から、川へ、放りこんだのだ。

(何故今、思い出す)

見世物小屋の主人にひっ捕らえられ、少年を追うことはできなかった。いずれ死体が浮かぶだろうと、他人事のように誰かが言った。

この時の騒動がきっかけとなり、天千代は御晴野の磐座に存在を認識され、やがて保護されることに相成った。しかし、——己を助けようとした少年の消息を問う天千代に、答える者は、いなかった。

——わたしに少しでも、加護を与える力があったなら。あの子にすべて与えたのに。

——いいや、あの子に罹《かか》った災いも、わたしの祟りの結果なのか。

息を弾ませて視線を移し、刻雨は大きく舌打ちした。刻雨の駆ける川岸の道に、ひとつ駕籠《かご》があるのに気づいたのだ。

「——ど、退いてくださいっ!」

駕籠を担ぐ陸尺《ろくしゃく》達に声をかけ、それを押しのけてひた走れば、「無礼者!」と怒鳴る声がする。刻雨が追い抜かしたのは、一口に駕籠とはいっても、黒羅紗《くろらしゃ》で屋根を覆った、いわゆる御忍駕籠《おしのび》である。中にはやんごとなき身分の御方が乗っているのであろうが、刻雨の知ったことではない。

　無礼だのなんだのと、背後を見てから喚くがいい。振り向きざまに「逃げろ！」とだけ怒鳴り返せば、陸尺達もようやく事態を理解したらしい。

「何事だ」と駕籠の中から、慌てた様子の青年の声。新玉の声に似て聞こえたが、それにしては頼りない。新玉を捜して駆けるばかりに、それらしく聞こえただけのことであろう。息を弾ませて駆ける刻雨は、しかしもう少しで赤形橋と思《おぼ》しき大きな橋に辿り着こうかというところで、――足をすくわれ、蹴躓《けつまず》く。

　木の根に足を引っ掛けた。転倒した拍子に舌を噛み、くぐもった声を上げた刻雨は、しかしすぐさま上体を起こすと、背後に向かって残りわずかの竹簡を投げつける。

「天《あめ》、地《つち》、山《やま》、川《かわ》、負《お》ふ為《せ》よ、――春夏《しゅんか》の呪、散！」

　爆音とともに幽鬼猪が黒い血を噴くのを見て、荒い息を整える。もう少し。あと少しで花街へ着く。すぐに新玉が見つかる保証はないが、騒ぎを聞きつければ、事態を察した新玉の方から姿を現してくれる可能性もあろう。しかし。

　次いで響いたその悲鳴に、はっとなって顔を上げる。見れば例の黒駕籠に、幽鬼が二頭、群がっているのである。先程までは随分素直に刻雨を追ってきていたのに、何故急に標的を違えたのだろう。わからないが、思案している時間はない。

「くそっ」

毒づきながら立ち上がり、駕籠と幽鬼の合間に割り入った。幽鬼との距離があまりに近い。ここで竹筒を投げつければ、刻雨とこの黒駕籠も、呪の餌食となるだろう。

ならば。

地に音を立てて鹿杖を突き、刻雨は鋭く幽鬼を見据えると、低い声で一喝した。

「去《い》ね」

——おまえの言葉は穢れている。

幼い頃、身に突き立てられたその声が、刻雨の脳裏へ甦る。

「現世《うつしよ》は既に、おまえ達の居場所ではない。幽世《かくりよ》へ、去ね」

——おまえの目は穢れている。おまえの手足は穢れている。

ぎくりと様子をうかがうように、幽鬼達が動きを止める。そうだ、それでいい。体勢を落としじりじりと、獣共を威圧する。すべての幽鬼に視線を配り、逃しはせぬとその目で、身体で語りかける。祓うことはできずとも、ほんの一時、時間を稼ぐことならできるはずだ。

冷たい秋風が吹く中、それでも額に汗が湧く。「今のうちに、」と囁けば、腰を抜かして座り込んでいた陸尺達が、はっと駕籠を担ぎ直した。そうだ、今のうち、刻雨が抑えておける内に、どうかこの場を去ってくれ。駆けずり回って荒い息。緊張感にどくりどくりと、鼓動が脈打っている。

――白牙法師としてのおぬしになど、何も期待しておらぬわ。おぬしはただ、おぬしの受けた祟りごと、その身を喰わせてやれば良い。おぬしが身にまとう腐気は、幽鬼にとっても毒となろうからな。……毒をもって毒を制す。その程度のことならば、おぬしにも成し遂げられよう。

「幽世へ、去ね」

もう一押し。しかしようやく黒駕籠が、この場を去ろうとした瞬間。

――どういう因果かわからぬが、神鹿の加護は今、おぬしのもとへと戻ったようだ。

幽鬼猪が嘶《いなな》いて、その毛をざわりと逆立てる。

「月見酒と洒落込《しゃれこ》もうってのに、随分騒がしいじゃあねえか」

軽い調子でそう話す、声に心当たりがあった。

安堵の溜息をつき、声のほうへと視線を向ける。しかし刻雨が、声の主を確かめるより早く、――夜闇の中に白刃が、ぎらりと一閃、煌《きら》めいた。

宵の内の礼黄に、黒い霧血《むけつ》が噴き出した。表情の読めぬ烏面に、ゆるく着付けた小紋の着流し。腰に帯びた刀で幽鬼を一刀両断したのは、新玉である。身軽なこの男は地を蹴り二頭目の幽鬼へ距離を詰めると、その脳天へ、刀を振り下ろす。

斬られた幽鬼の叫び声が、刻雨の耳朶《じだ》をつんざいてゆく。酷い腐臭が周囲に満ちる。しかし新玉は己の顔に跳ねた幽鬼の血を舐め取ると、にやりと、随分無邪気に微笑んでみせた。

「おかしいな。この数日、何を食っても味もにおいもなかったのに」

ぽつりと溢《こぼ》れたその声が、刻雨の耳には届いていた。胸騒ぎがして、「新玉殿、」と声をかけてみる。だが新玉は刻雨の呼びかけになど気づきもしない素振りで、たった今斬り伏せた幽鬼の腹へまた刃を差し入れると、――躊躇《ちゅうちょ》なく肝を抉り出し、それへむしゃりと齧《かじ》りつく。

「ひっ、……」

仰天した様子で叫び声を上げたのは、逃げそびれていた陸尺達だ。刻雨が振り返れば、例の黒駕籠の小窓も開き、中に座した人物が、瞠目するのが見えている。

牙獣が幽鬼を祓うため、その肝を喰っただけのこと。だがただでさえ、白牙法師による幽鬼の祓い方は、西域の人間の目には野蛮に映るらしい上――、その牙獣が人間の姿をしているとあっては、あまりに異様な光景と見えることであろう。そうこうしている間にも、新玉はまた次の幽鬼を斬り伏せて、その肝を抉り出している。幽鬼猪とて、抵抗もせずただ貪り喰われているわけではないのだが、舞うように駆け、刀を振るう新玉の前にあっては、まるで無力も同然なのだ。

恐れという概念を持たぬ幽鬼は、けっして逃げ出すことをしない。ただ衝動のままに牙を剥き、返り討ちに斬り伏せられ、そして、――

「牙卵ほどとは言わねえが、まあ、それなりに良い味だ」

最後の一頭へ足をかけた新玉が、血のこびりついた口元を、ぐいと着物の袖で拭う。

霞《かすみ》の如き幽鬼の返り血が、それでも新玉の指から、胸元から、鳥面から、ぽたりぽたりと滴り落ちていた。それらの血は地面へ落ちる手前で消え失せるものの、手にした刀身から血を払い、鞘へ納めようとするこの人物を、黒く鮮やかに彩っている。

一瞬のうちに行われた幽鬼退治を前にして、刻雨は何も言うことができぬまま、ごくりと唾を飲みこんだ。

白牙法師が幽鬼を祓うためには、牙獣か牙卵が必要だ。牙卵を新玉に喰われた以上、刻雨はこの青年の協力なしには幽鬼を祓うことができず、だからこそ、ここまで必死に駆けてきた。

――幽鬼であることを自覚させては、必ず厄介事の種となる。

この青年は牙獣として、あまりに優秀だ。

だがもし、もしも、――これが自我を持たぬ幽鬼に、堕《お》ちたなら。

「よお、ハルサメ君。今の幽鬼は、田楽の礼におまえが町へ呼んだのか？」

ぎくりと肩を震わせて、「まさか」と答える刻雨を前に、新玉は何やら不満げだ。「それじゃ」と下唇を突き出し、消えゆく幽鬼の身体を見送ると、彼はくるりと振り返る。

「礼黄の町中へ、幽鬼が自然と発生したってのか？　幽鬼ってのは普通、もっと荒廃した国に現れるもんだろう。都たる凱玲京からも近い礼黄の町に、そうおいそれと幽鬼が出没してたまるもんか」

「萬景がどれほど住みよいか、国守殿がどれほど辣腕かは、十分耳にしてますよ。何故こんな事態になったのか、私だって不思議なんです。大体、今はそれよりも、……」

己の背後に控える黒駕籠へと視線を配り、袖の陰で、はあと小さく溜息を吐く。

再び腰を抜かして座り込んでしまっている陸尺と、やんごとなき身分の方が渡られる、黒羅紗で覆った御忍駕籠。幽鬼祓いの現場を見て――幽鬼の肝を貪り喰う、烏面の青年を見て、彼らはどう思ったであろう。

「あー、……どこのどなたか存じませんが、お怪我はございませんでしたか。急を要しました故、ご無礼をいたしました」

恐る恐る身をかがめ、駕籠に向かって語りかける。どうか話の分かる相手であるようにと、祈らずにはいられない。

「も、申し遅れました。私は白牙法師見習いで、御晴野の刻雨と申します。えっと、白牙法師というのは、牙獣と共に幽鬼を祓うものでして、……その」

しどろもどろに話す刻雨の足を、新玉ががんと蹴りつける。目配せできぬこの青年の意図を汲むことは難しいが、しゃんと話せと、さだめしそういうことであろう。

「こちら、牙獣の新と申します。人のような姿をしておりますが、あの、牙獣が幽鬼を祓っただけのことですので、何卒《なにとぞ》お構いなく」

顔を見合わせた陸尺達が、狐につままれたような様子で「牙獣だと」「白牙法師やら牙獣やら、噂に聞いたことはあるが」と囁きあう。その表情はすっかり怯えきっており、刻雨のことすら気味悪げに見るばかりである。

彼らにどう思われようが、刻雨自身のことはどうでもよい。だが幽鬼の肝を喰う人間、の話を、面白おかしく吹聴されるようなことだけは、なんとしてでも避けたかった。うまい言葉も見つからないまま、それでも刻雨がもう一言続けようとした、その時。

「おまえ、」

不意に聞こえたその声は、駕籠の中から発せられていた。駕籠の主人が合図を出したのだろう。陸尺の手により戸が開けられたが、中の人物が降りて出てくる気配はない。

「そこの、……今、幽鬼の肝を喰ったおまえ、近う寄って顔を見せよ」

駕籠から差し出された左手が、小刻みに震えている。怯えているのだろうか。だがそれなら何故、手を伸べたりするのであろう。

「悪いが、見せものにできる顔がねえんだ」

冗談のつもりなのか、新玉が苦笑交じりにそうあしらう。

「謝礼なら、そちらの法師殿に渡してくれ。そいつ、一文無しなんでね」

言わなくても良いことを、随分律儀に言ってくれる。だが駕籠の主人は震える手を差し伸べたまま、「何故」と短く問うだけだ。

幽鬼の出現に騒然となっていた礼黄の町はどうやら、徐々に平穏を取り戻しつつあった。刻雨達のいる川岸は、相変わらずの薄闇であったが、大通りのほうからは人々の声がし、刻雨が渡りそこなった赤形橋にも、ちらほらと人影が戻り始めている。

唐突に町中へ出没したあれらの幽鬼が、なんであったかはわからない。だが既に幽鬼の骸《むくろ》もその黒い血も、霞となり消え失せている。新玉の衣服を染め上げた血も消えているし、これ以上、ここへ留まる理由もないだろう。

食事処へ戻ろう。そう提案しようとして、刻雨ははっと息を呑む。川下より血相を変えてこちらへ向かってくる、ふたりの武者に気づいたからだ。

「――新玉様！」

素襖《すおう》姿で腰に刀を帯びた若武者がふたり、まっすぐこちらへ駆けてくる。己の名を呼ぶその声に、新玉が振り向いた。知人だろうか。あれほど息を切らして駆けてくるのだから、新玉の配下やもしれぬ。これはまた、厄介なことになった。新玉の置かれた状況を、どう説明するべきであろう。いや、むしろ好機と取るべきか。彼らから何か、有用な情報を聞き出せるやもしれない。

そう考え、ちらと新玉に視線を移す。駆けてくる若武者に顔を向けた彼は、しかし再会を喜ぶ様子もなく、じっとそれに見入っている。

「新玉様、お怪我はございませぬか。ここで一体、何が起きたのです」

「なかなか駕籠が着かぬので、皆心配申し上げておりました」

駕籠。

言いながら駆ける武者達が、状況を解せぬ刻雨と、ただ立ち尽くす新玉との間をするり、通り抜ける。「え、」と問いかけようとした刻雨を他所《よそ》に、武者達は地に跪き、――駕籠に座する主人に向けて、こう告げた。

「お忍びとはいえ、やはりお側を離れるべきではございませんでした。――新玉様」

彼らは今、一体誰に話しかけたのであろう。思考がまとまらぬまま振り返った刻雨を前に、駕籠の内から、ようやく姿を見せた男があった。

長く伸ばした黒髪に、すらりと通った鼻筋、整えられた黒い眉。精悍《せいかん》な顔立ちであると言えそうだが、切れ長の目はしかし、気弱げにいくらか伏せられている。もとより色白な部類なのであろうことは夜闇の中でもうかがい知れたが、今このときの表情は、蒼白であるとさえ言えよう。

直垂《ひたたれ》姿で従者らに手を引かれ、立ち上がったその青年は、刻雨の隣で黙り込む新玉を見、震える声でこう言った。

「あの太刀筋、……私が見紛うはずもない。あれは我が稜賀の家に伝わる堅洲《かたす》の剣。おまえ、おまえは、何故、生きているのだ。おまえは、――」

(――、いけない)

言わせてはならない。新玉に、言葉の先を聞かせてはならない。何故だかそう思うのに、刻雨の身体が、咄嗟に動かない。

「おまえのことを確かに、――確かに、殺せと命じたはずだ!」

肆

ぽろり、ぽろ

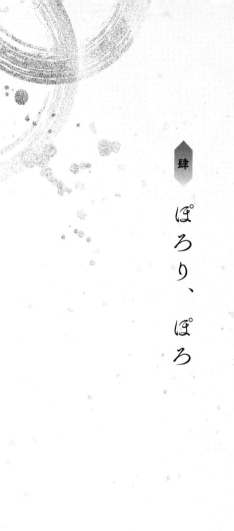

川岸に植えられた柳の木が、風に吹かれて音を立てる。

喧騒を取り戻し始めた礼黄《らいおう》の町。しかしそれとは対照的に、彼らの立つ場にはじわりと、得体のしれぬ静寂が広がっていく。

「おまえが俺を、——殺せと、命じた？」

呟くように言ったのは、烏面《からす》の青年である。言葉の不穏さはさておき、この青年は敵意なく駕籠《かご》の主人を振り返り、だらりと両腕を下げた姿勢でそこにいた。

一抹の静寂。

だが、ふと——まるで舞台の幕が転じた役者かのように——新玉《あらたま》は、ようやくその存在に気づいたとでもいった口調で、駕籠の傍に控える若武者達へ声をかけた。

「牛込《うしごめ》、それに河洛《からく》か。無事で良かった。桑黄《そうおう》の山中におまえ達の亡骸《なきがら》がなかったから、命拾いしてくれていればいいと、そう思っていたんだ。佐元《すけもと》達は一緒じゃないのか？

一体何人生き延びた」

唐突に会話の矛先を変えた新玉の様子は、明らかに異様であった。だがそれが何を示すのやらわからずに、刻雨《ときさめ》はただ黙って、彼らの様子をうかがった。

察するに、このふたりの武者は恐らく、新玉が桑黄山で襲われた際、随伴していた配下の者であるのだろう。新玉とともに襲撃を受け、しかし無事に逃げおおせた——。窮地に陥った主人を山中へ置き去りにし、何食わぬ顔で安全な礼黄の町へと辿り着いていた、とも受け取れるが、対する新玉の口調は、それを批難するでもなく、彼らが無事でいたことを、純粋に喜んでいる様子である。

泰然自若としたその態度は、町人のような着流し姿でいるにも拘《かか》わらず、どこか威厳を思わせる。ただその一部分だけを切り取って、これが萬景《ばんげい》の若き国守《くにもり》、稜賀《りょうが》新玉であると言われれば、刻雨とて疑ってかかろうとは思わない。

けれど。

「凱玲京《がいれいきょう》へ向かう前に、現状を把握したいと思っていた。市井《しせい》の話を聞く限り、俺は病に臥したことになっているとか。帝都から病気平癒の祭祀官が派遣されたと聞いているが、なにか情報を得ていないか。例えば、――」

無防備な体勢のまま、武者達へ歩み寄ろうとしていた新玉が、その場へぴたりと立ち止まる。それもそのはず、牛込、河洛と呼ばれたふたりの若武者が、――ぎらりとひかる白刃を、それぞれ静かに引き抜いたのだ。

「なんの冗談だ」

己の得物には手を置かぬまま、心底理由がわからぬといった様子で、鳥面の青年がそう問うた。駕籠の主人を守るように立つふたりの若武者は、それを見据えて、逃さない。

「冗談だと？　それはこちらの台詞だ。おまえ、今更おいそれと、何故この場へ姿を現したのだ」

「奇《く》しくも命があったなら、黙って萬景から立ち去ればよかったものを」

「萬景を、去る？」問いを重ねる青年の顔は、――彼に顔があったなら――恐らく、蒼白であったろう。

「何故俺が去らなきゃならねえ。この萬景は俺の国だ。先代の遺志を継ぎ、戦で疲弊しきった民を鼓舞して食い扶持を与え、長塚《ながつか》、玉襷《たまだすき》と講和を結んで交易路を整えて、俺が再興させた国だ。俺が守らねばならぬ国だ。俺は、――俺は、国守の稜賀新玉ぞ！」

「笑止千万！　気でも触れたのか？　よく思い出せ。おまえが新玉様の御名を拝借できる時は、既に終わったのだ！」

武者の発する言葉とともに、ざわりと何かが波立った。

「おまえは、恐れ多くも新玉様と背格好が似ているからと拾われた、下賤の影武者に過ぎぬではないか！」

ざわり、ざわりと大きな波が、この場へ徐々に近づいてくる。得体の知れない大きな揺れ。それを感じた刻雨は、鳥肌の浮く己の両腕を掻き抱いた。

これとよく似た感覚に、どこかで呑まれた覚えがある。

暗闇の中、たったひとりで訪れた、桑黄山酉峠道《ゆうかどう》。数十名もの死者を取り込んだあの影は――、巨大な幽鬼の姿であった。

（最早この場に、先程の幽鬼猪共の気配はない。ならば、これは、）

ごくりと唾を飲み、恐る恐る、鳥面の青年へと視線を向ける。対峙する武者達を見据え、刃を突きつけられたまま押し黙るこの男が、何を考えているやら、刻雨にはちらともわからぬ。だが。

「生まれも知れぬ下賤の者が、謀反を起こし新玉様に成り代わろうなどと、高望みをしたものだ。この期に及んでなおもまだ、新玉様のお立場を揺るがすつもりでいるのか」

「面に隠したその顔が新玉様に似ているからと、影武者に過ぎぬおまえごときを本物の国守に据えようなどと、世迷言を宣《のたま》う輩《やから》まで出る始末。――その様子では、おまえも満更ではなかったようだな。度々政治に口を出し、重臣共をも誑《たぶら》かした罪、今度こそ、死をもって償うがいい」

――実のところ、桑黄山で牙卵を喰った辺りから、靄《もや》がかかったみてえに思い出せねえことがいくつかあるんだ。

日中彼は、刻雨に対しそう告げた。

「謀反、……俺が？」

呟いた彼の腕が、微《かす》かに、震えている。

――俺はこの萬景の国守。正体のわからぬ刺客と対峙し続けるより、生きて凱玲京へと帰り着き、敵の正体を暴かねばならぬと判断した。

刻雨にとってこの青年は、出会った当初から得体のしれぬ相手であった。萬景国守という大層な肩書を名乗りながら、しかし友人のように町の人々と交流し、自らの手で配下の亡骸を葬る彼は、刻雨の知る権力者の姿からは程遠かった。だが若いながらも統治者としての風格を持ち、人に好かれる彼の言葉に、嘘はないとも、そう思えた。

実際、そこに嘘はなかったのだろう。桑黄山で刺客に襲われ命を落とし、幽鬼化する中で彼は、――偽りの身分を、本物と思いこんで目覚めたのだ。そういうことではあるまいか。

（武者達の、言葉通りなら、……）

彼は稜賀新玉の影武者として生き、稜賀新玉の影武者として、死んだのだ。

己の影であるべきこの男を疎んだ、本物の稜賀新玉の命によって。

「今こそここで死ぬが良い、恥知らずの国賊め。おまえの役目は終わったのだ！」

――あれは色々と規格外だ。幽鬼であることを自覚させては、必ず厄介事の種となる。

天狗《てんぐ》の言葉が重みを伴い、刻雨の脳裏に甦る。

幽鬼とは則《すなわ》ち、現世《うつしよ》に何かしらの未練を残した死者の成れの果て。化け物と化したそれらは大抵の場合、――己を殺した者をこそ、真っ先に喰い殺そうとする。

光る二振りの白刃を前に、烏面が刻雨を強く突き飛ばす。たった今まで己のいた場所を、武者の刃がかすめたのを見た刻雨が動転する一方、この男はすらりと、自らの刀を引き抜いている。

なんの感情も思わせぬ、静謐《せいひつ》な立ち居振る舞いで。

――良い町だと思わないか。諸国を旅した法師殿の目には、どう映る？

夕暮れ時。食事処の窓から礼黄の町を見下ろして、愛おしげに口元を綻ばせた彼の表情を、何故だか今、思い出す。

「いけません、新玉殿、あなたは……！」

咄嗟に声を上げていた。だが目の前に立つ烏面の青年は、言葉のないまま刃を構え、己に向けられた明確な殺意を、ただ寂々と受け流す。

響く剣戟《けんげき》の音。ふたりを相手にしているのに、烏面に危うげな様子は少しもない。二度三度と身を翻し、振り下ろされた刃を己の刀で弾き返すその姿は、まるで稽古でもつけてやるかの如くである。それに業を煮やしたのは、駕籠の前へ棒立ちになり、闘いの行方を見守っていた本物の稜賀新玉だ。「何をしている」と恐る恐る口にしたこの男は、震えた叫び声を上げる。

「ふたりがかりで何故勝てぬ。──何故殺せぬ！」

主人の声を聞き、牛込と呼ばれたほうの武者が、再びそれへ斬りかかる。だが斬撃が届くことはない。烏面はすんでのところで刃をまた受け流すと、負傷したらしい血の滴る左手で、腰に帯びていた鞘をも引き抜き、回転を加えて相手の首へと打ち付けた。そうしてひとりが昏倒したのを見るや、唖然とした様子で佇むもう一方の武者を蹴り倒し、そのまま、まるで跳ぶかの如き軽やかな動作で──、真っ青な顔で立ち尽くす、駕籠の主人へ歩み寄る。

その刃に、とぐろを巻いた殺意を滲ませて。

「新玉殿！」

半ば叫ぶようにそう呼んで、刻雨は慌てて地を蹴った。彼に、人を殺させてはならない。人を喰わせてはならない。その一心で、咄嗟に烏面の肩を引っ掴み、しかし触れた指先から遡る感覚に、思わず呻き声を上げる。

底知れぬ闇があった。

闇。足元にぽっかりと空いた穴の如く、見る者を我が身に取り込まんとする、得体の知れない闇である。上か下かもわからぬその場にあるものは、形のない渇求だけ。

渇求とは、即ち餓えであった。何を食っても満ち足りることのない、がらんどうのような餓え。

(ああ、これは、――)

幽鬼は常に餓えている。失った生の実感、具体性をなくした怨恨、それを満たそうとする欲求を、肉体の餓えと誤認する。だからこそ幽鬼は腹を満たそうと、手当たり次第に生者を食らうのだ。

刻雨も、知識としてそれは聞き及んでいた。幽鬼とはそういうものなのだと、知ったつもりになっていた。

(これが、新玉殿の胸の内、)

逃れようのない、この真っ暗闇が。

何故俺が、萬景を去らなければならんのだ。

俺がこの国のために、どれほど心を砕いてきたか、まさか知らぬ訳ではあるまい。

目まぐるしく溢流《いつりゅう》する思考が、闇にとぐろを巻いてゆく。怒りの色がふつふつと、それに触れる刻雨のことをも蝕《むしば》んでゆく。

(いけない、あなたは、……)


桑黄山で死んだ者達は、何故死なねばならなかった。

まさかそれは、俺を、影武者に過ぎぬ人間を支持した罪のためだとでも言うのか。

仇《あだ》を討とうとそう決めた。彼らの無念を晴らそうと。

ああ、だが、それはつまり。

俺は、主君を、――新玉を、

討てるのか?


闇の中、縋るものを探して辺りを見回す。このままではいけない。新玉を、刻雨が出会ったのっぺらぼうの青年を、このまま行かせてはならない。だがどうすれば、彼を留《とど》めることができるのか、それが刻雨にはわからないのだ。

しかしその時、どくりと、覚えのある鼓動が鳴った。

どくり、どくりと刻まれる音。暗闇の中に――唯一灯る、金色《こんじき》の音。

（……牙卵《がらん》！）


無我夢中で手を伸ばした。しかし。

衝撃が走る。引き剥がされた。そう気づいたのは、一拍遅れた後のことだ。

目の前には闇ではない、現世の風景が戻っていた。欠けた月の光の下、蒼白になって佇むのは、駕籠の主人と、それに対峙する鳥面である。その肩に置いたはずの刻雨の手は、既に振り払われている。

「新玉殿、」

呼びかけても答えはない。だが刻雨の心配を他所《よそ》に、鳥面はそこからひたとも動かず、ただ、――不意に大きく口を開け、小刻みに震える自らの左腕を持ち上げて――、己の肉へと、かぶりついた。

鳥面の下に覗く口から、大粒の血が滴った。幽鬼特有の黒い霧血《むけつ》。霞《かすみ》の如きそれは彼の腕を滑り落ち、しかし地に届くこともなく、夜風にそっとさらわれていく。

「その黒い血、……おまえ、一体、」

「はは、――。桑黄山で意識を取り戻してから、ずっと目の前にかかってた靄みてえなもんが、ようやくちっと晴れてきた。ああ、確かにこの俺は、気が触れていたのやもしれねえな。己の正体を忘れ、仮初《かりそめ》を真実と思い込むなどと。なるほど、笑止千万。片腹痛いわ」

そう語る青年の声は、悲痛なまでに楽しげだ。

「影武者ごときのために、新玉様のお立場が危ぶまれたというわけだ。ああ、確かにおまえを廃して、偽者にすぎぬ俺を国守に据えようとする輩にも、いくらか心当たりがある。——だが、」

よく似た身丈の青年を前に、烏面が納刀し、懐手《ふところで》して低く笑う。そうしてこの男は、皮肉めいた口調でこう問うた。

「我が主君、稜賀新玉殿。気の弱さ故に刀も振るえず、配下の前に立っては声を上げることすらままならぬ貴殿の代わりに、表舞台へは俺が立った。ああ、ようやく思い出したよ。野良犬同然に生きてた俺が、仮初とはいえ一体何故、新玉になれたのか」

じわりじわりと顔を寄せられ、駕籠の主人が引き攣《つ》るような悲鳴をあげる。対する烏面は、あくまで随分、楽しげだ。

「今しがた、おまえは俺を指さして、『殺せと命じた』そう言ったな。それは確かにおまえの意思か？　俺のよく知る新玉様は、己で判断することを避け、周囲の意見に頷くばかりの臆病者であったはず。だがその命令が、おまえが萬景国守として国を思い、民を思い、そうすることが最善であると判じた結果なら、——俺はおまえの決断を、ただ祝福して立ち去ろう」

冷えた風が夜道をさらい、烏面の青年の、夜闇に融ける黒髪をただ撫ぜてゆく。対峙するもうひとりの青年は、蒼白になった顔で眉根を寄せ、小刻みに肩を震わせるばかりであった。

「祝福、だと、……」

よく似た背丈に、同じようにのばした黒髪。ふたりが並び立ったなら、似た風貌と見えるのやもしれない。だが今、この場において、――泰然自若とした態度で歩み寄る青年と、竦み上がって及び腰になる青年とでは、まるで光と影、太陽と月であるかのように、相容れぬ別個のものでしか在れぬ。

「わ、私は、……私が生き残るために、おまえの存在は、邪魔なのだ。おまえはもう必要ない。おまえなどいなくとも、私にはもう、――強力な味方がいる」

囁《ささや》きの如きか細い声が、暗い夜道に流れてゆく。それを聞いた烏面が、はっと小さく息を呑んだ。

「まさか、――帝領《ていりょう》からの申し出を、受けたのか」

その時。

視界の端に鈍くちらついた光を、刻雨の目は逃さなかった。

すっかり昏倒したと思っていた武者の手が、竹筒を構えていた。それが何かは知れぬことだが、筒の先は間違いなく、――烏面へと向いている。

「――新玉殿！」

咄嗟にその名で呼びかければ、ふたりの青年が刻雨を振り返った。時を同じくして筒から飛び出した吹き矢のような鈍色《にびいろ》のそれは、狙い違わず真っ直ぐ飛翔し、のっぺらぼうの青年が身に着けた烏面の中央へ、深々と、突き刺さる。

「新玉殿！」

「新玉様、駕籠へお戻りください！」

鹿杖《かせづえ》を握りしめ、烏面の青年へと駆け寄る刻雨の一方、立ち上がった武者は主の手を引き、それを駕籠へと押し込んだ。事態を飲み込めぬ様子でいた陸尺《ろくしゃく》達が、それでも駕籠を担ぎ直し、この場を去ろうと立ち上がる。もうひとりの若武者も、やっとのことでそれへと追従《ついじゅう》した。

吹き矢のようなものが突き刺さった烏面が、二つに割れて地へ落ちる。顔を押さえて俯く青年の両手からは、幽鬼特有の黒い霧血が滴っていた。しかしその身体は、直立したまま揺らがない。

「新玉殿、大丈夫ですか」

黙したまま顔をあげぬこの青年を、背に庇うように立ち、駕籠のほうを振り返る。このまま逃して良いものか。だが追い留めて如何《いか》にする。束の間の逡巡を経て、しかし刻雨は——竹筒から放たれたそれの正体に、瞠目した。

臭気がそこらに満ちていた。桑黄山で嗅いだものとも似たそれは、刻雨の眼前へ唐突に姿を現した、幽鬼武者のものである。

その足元に光るのは、真っ二つに割れ、内部に忍ばせた空洞を晒す、鈍色の矢。

（幽鬼が、この矢の中から現れた、——？）

信じられぬ思いに、じわり、じわりと汗をかく。まさかそんなわけがない。だが一方で、そうでなければ説明がつかぬであろうと、冷静な声が胸に落ちた。先程の猪といい、本来であればこんなふうに、前触れもなく人里に幽鬼が発生するわけないのだから。

――あれに牙卵《いのち》を与えたのは、おまえか。

そうだ、先程も――不意に聞こえた言葉ののち、突然、町中に幽鬼が現れたのだ。

では、まさか。

「幽鬼を、……人が、操っている……？」

愕然として呟いた。

直後。

唐突に、嗤《わら》い声が場に響く。ひりつくようなその声は、刻雨の背後に立つ青年のものであった。可笑《おか》しくて仕方がないといった様子で嗤い転げる彼は、今も、顔面から流れ出る血を両手で押さえつけている。

（深手を負ったか。それとも、これは――）

刻雨の心配を他所に、彼は箍《たが》が外れたかのように、身を捩《よじ》って嗤い狂う。その声に、ただならぬ気配を感じたのであろう。黒羅紗《くろらしゃ》の駕籠の窓が開き、蒼白となった新玉の目がこちらを覗いた。

――最期は狂乱したのやもしれぬ。

――理由はわからぬ。だがあの者は己の死を目前にして、何故だかその脇差で、己の顔をめった刺しにしてから、息絶えておったのだ。

狂乱。なるほど確かに彼は今、狂乱しているのやも知れぬ。だが不思議と、あれほど危惧していた暴走の懸念を、今はちっとも感じない。

「ああ、そうだ。覚えがあるぞ。桑黄山で俺達を襲った、正体不明の刺客共――。あの時は知る由もなかったが、そうか、幽鬼だったとは。いくら応戦したところで、なんの手応えもなかった理由がわかるってもんだ」

抱腹絶倒しながらにして、この期に及んで尚もまだ、彼は至って冷静だ。事情を察した今ならばわかる。彼は、こののっぺらぼうは、己の死を目前にしたからといって、錯乱するような男ではない。だがその男が肩を丸め、両手で顔を覆う姿には、――なんとも言われぬ、悲哀があった。

（まるで）

泣いているかのようではないか。

そうこうするうちに、青年が己の顔から手を離す。烏面の剥がれた顔を、目鼻のないのっぺらぼうを曝《さら》け出したこの男は、唯一残った口元を歪ませ、愉快そうにこう告げた。

「あの時は手も足も出ず、同志の苦しむ声を背に、逃げることしかできなかった。だが今の俺なら容赦なく、――骨の髄まで、貪り喰らってやれようぞ」

のっぺらぼうの手にした刀が、幽鬼武者を斬り伏せる。その際に、駕籠から覗いた新玉も、配下の武者、陸尺も、それぞれがこの男の異形を目にしたのであろう。誰のものとも知れぬ悲鳴が聞こえた直後、河洛と呼ばれた若武者が、大声でこう喚き散らす。

「化け物だ！　人の形《なり》をした化け物が、礼黄の町に紛れているぞ！　法師のふりをした男が、町へ招き入れたんだ！」

（——やられた！）

ふたりの武者と黒駕籠が、人通りのある赤形橋《あかなりばし》のほうへと駆け、化け物が出たぞと喚き立てる。一体何事だろうかと、駕籠の出てきたほうを覗き見て、町人共は皆一様に青ざめた。

幽鬼武者に刃を突き立てたのっぺらぼうが、ゆらりと立ち尽くしている。

その身体には腐臭のする真っ黒な返り血を滴らせ、手にした刃で抉り取った幽鬼の肝を、獣のごとく喰らいながら。

「ば、……化け物」

誰かがそう呟けば、他の多くが頷いた。

「あんた、さっき妙な猪を引き連れていた法師じゃないか？　退治してくれるのかと思いきや、あんたが化け物を招いていたなんて」

「そ、それより、そっちの男はなんなんだ。顔が、顔がないじゃねえか」

戸惑う人々の声にぞっとなり、刻雨は数歩後ずさった。このままではいけない。人間は、いや人間と言わず群れをなす生き物は、必ずと言っていいほど異端を厭《いと》う。己の知見の外にあるものに畏れ、慄《おのの》き、それを排除しようと牙を剥く——。

ぶるりと震えが走るのを、しかしなんとか押し止《とど》めた。そうして刻雨は奥歯を噛みしめ、立ち尽くすのっぺらぼうの肩を押す。

「新玉殿、一旦ここを離れましょう。このままではまずい」

「それは俺の名前じゃねえ」

場の空気も読まず、不貞腐れて言う声に、「はあ?」と思わず聞き返す。なるほど、新玉というのがこの男の本名でないらしいことは、刻雨も既に承知している。だが今は、そんな事を言っている場合ではないだろう。そうこうしている間にも、人々からは遠巻きに、不安の声が聞こえているのだ。役人を呼んでこい、お縄につけろと喚く声さえある。のっぺらぼうの持つ刀を恐れているのだろう、こちらへ寄ってくる気配はないが、それも時間の問題だ。

「新《しん》殿」

力任せにぐいと押しても、突っ張って立つこの男は、びくともする気配がない。「それも違う」と不貞腐れるのを聞いて、刻雨は思わず舌打ちした。

「でしたら、なんとお呼びすれば? 生憎《あいにく》、私はあなたが名乗ってくださったとおりの名しか存じ上げぬのです」

「じゃあいい。おまえひとりで何処《どこ》へでも行け」

「なに、聞き分けのないことを言っているんですか。こんな状況であなたひとり、置いていけるわけがないでしょう」

苛立ちを隠せずに話す刻雨の腕へ、ぐいと青年が掴みかかる。爪が食い込む。骨が軋む。眉を顰《ひそ》めた刻雨の一方、こののっぺらぼうは刻雨の耳元に口を寄せ、押し殺した声でこう囁いた。

「置いていったらこの俺が、人をも喰い殺しそうに見えるからか？」

ぎくりとして、咄嗟にその手を振り払う。だがそうしてしまってから、刻雨ははっと息を呑んだ。

いくら今は自我を保っているからといって、この青年が一体いつ、何をきっかけに、己を失うかはわからない。彼が生者を襲い幽鬼らしく振る舞うのであれば、刻雨は彼を止めねばならぬ。天狗に釘を刺されてから、刻雨はずっとその時を懸念していた。

しかし今では、こう感じるようになっていたのだ。

己に敵意を向ける者、刺客を送った者、刃を向けた者を前にして、彼はそれでも、相手に斬りかかるようなことはしなかった。ただじっと堪え、己の腕に牙を立てたこの男はきっと、――我を忘れ、虚ろな幽鬼と化すことなどないのだろうと。

人としての生を終え、身体は幽鬼と化しながら、彼は幽鬼の本能に抗うため、恐らく今も言い知れぬほどの飢餓に抗っている。そうしてまで人の心を持ち続けようとする彼に、今こそ寄り添ってやるべきではないのか。今、それができるのは、――刻雨だけではないのかと。

振り払った青年の手は、彼自身の血で濡れていた。幽鬼特有の黒い霧血。その血の上から咄嗟に腕を掴み返し、目のない顔をじっと見据えて、刻雨は厳かにこう告げた。

「あなたは人など喰いません」

確信があった。だからこそ、言い聞かせるつもりでそう言った。相手からの応えはない。刻雨のその言葉が、届いているかもわからない。

だが。

「牙獣《がじゅう》とは、白牙法師《はくがほうし》の魂の伴。あなたが元々、何者であろうが関係ありません。私は今から、誰に何を言われようとも――、魂の伴たる、あなたを信じます」

空いたほうの己の手を、そっと袈裟袋へ差し入れる。そうして刻雨は、そこに収めてあった、一振りの脇差を取り出した。

漆塗りの鞘に、元の色も判ぜられないほど、赤茶けた血が滲む柄糸。刻雨が天狗から預かった、この青年が己の最期に自らの顔を切り裂いたという、脇差を。

「は、……」

のっぺらぼうのその口から、困惑の声が漏れいでた。後ずさろうと身体を引くのを、しかし刻雨が赦《ゆる》さない。

不意に何かに肩を小突かれ、首だけをそれへ向けた刻雨は、きゅっと口元を引き結ぶ。遠巻きにこちらを見る人々が、石を投げ始めたのだ。だが聞くに堪えぬ罵詈雑言《ばりぞうごん》も、今は心に届かない。

「わかるでしょう。これはあなたの持ち物です。あなたは生前、最期の牙を己に向けた。己自身で、己の顔を裂いたのです。これは私の憶測ですが、――死を覚悟したその時、あなたは顔を、稜賀新玉の名を、返そうとしたのではないですか？　あなたは、あなた方を襲った刺客の正体を知らなかった。その正体が敵国の者であった場合、稜賀新玉が討たれたと周辺諸国に誤認されてはならぬ、そう判断して、咄嗟に、あなたは顔を裂いたのだ」

　脇差を受け取る、のっぺらぼうの腕が震えている。だが彼はそれを手に取ると、ただしっかりと、握りしめた。

「あなたは冷静な方だ。こんな状況にあってすら、己の形を失わぬ。自暴自棄なふりなどやめなさい。あなたには、ちっとも似合わぬ」

「行きましょう」有無を言わさずそう告げれば、今度こそ、「わかった」と答えがある。

「あてはあるのか」

「えっ、あて？　いや、それはその、私はこの町に不慣れですから」

「だと思った。なら、こっちだ」

　急に腕を引き返され、つんのめりながら、それでも彼の後を追う。背後からはまだ人々の声が聞こえていたが、振り返ることはしなかった。

　薄闇の中を颯爽と駆けてゆく、名も知れぬのっぺらぼうの後を追いかける。彼の足取りに迷いはない。この町のことは知り尽くしている、とさえ聞こえてきそうな背に、黙ってただついて行く。

　暗い小径《こみち》を複雑に通り抜け、ふとしたところで折り返せば、また川縁が視界に入る。

赤形橋があった辺りより、川下のほうへ出たらしい。石ころの多く転がる川縁を追っていけば、この男はひょいと跳ね、川の流れの中に点在する岩を伝って、あっという間に向こう岸まで渡ってしまう。

「ちょ、ちょっと待ってくださいよ。私はあなたほど、身軽じゃないんですから」

「この程度の川を渡るのに、心の準備が必要か？　さてはて、それじゃあハルサメ君のお手並み拝見といこうじゃないか」

振り返った口元は、にやにやと意地悪く笑んでいる。一体どこの悪童かと問うてやりたいのを堪《こら》え、脚絆《きゃはん》の上から履いた草鞋《わらじ》の紐を結い直すと、刻雨も、後に続いて岩へと跳んだ。

ひとつひとつの岩を選び、無理のない程度に跳んでゆく。刻雨とて、決して鈍臭いほうではないのだが、あれほど見事に渡りきられた直後とあっては、どうにもやりにくいのが心情だ。それでも岩を伝い飛び、なんとか、残りわずかで対岸へ渡りきれようと安堵した、その瞬間。

鈴懸《すずかけ》の袂《たもと》から何かがこぼれ落ちたのに気づき、慌てて手を伸ばす。咄嗟に掴み取ることはできたものの、足場の岩がぐらりと揺れ、刻雨の手が虚空を掻いた。

「ひえ」

「うわ、まぬけ、なにやってんだ」

派手な水音が場に響く。秋の冷たい川の中へ、為す術《すべ》もなく尻餅をつく。橋の架かった上流とは違い、川幅は広いが、深くはない。それでも腰まで水浸しとなり、刻雨は「うへえ」と声を上げた。幸い体は丈夫なため、この程度で風邪を引くことはなかろうが、これではあまりに締まらない。

差し出されたのっぺらぼうの手に引かれ、顰《しか》めっ面の刻雨が水面《みなも》を離れれば、堰《せ》き止められていた落葉が、ふわりと優雅に流れてゆく。

「おいおい白牙法師殿、そんなことでいいのかよ。あーあ、びしょ濡れじゃねえか」

「ちょ、ちょっとしくじっただけです。服を絞るので、待っててください。幸い、追手の姿も見えませんし」

「まあ大分走ったし、流石《さすが》に撒いたと思うけど。もう少し行ったところに丁度いいあばら家があるから、とりあえずそこまで行こうぜ」

刻雨に背を向けて、のっぺらぼうが月夜の川縁を歩きだす。慌てて鈴懸を絞った刻雨が、すっかり濡れそぼった草鞋で水音を立てながらそれへ追いつけば、彼は呆れた口調でこう言った。

「そんなにまでして、何拾ったんだよ。銭袋もなくして、牙卵も落とした、失せ物名人のくせにさあ」

「うるさいですよ」とそう言って、拾ったそれを差し出した。

真っ二つに割れた烏面。先程地に落ちたのを、一応拾っておいたのだ。これから何処へ向かうにせよ、目も鼻もないこの男の顔は、町を歩くには目立ちすぎる。どこかで新しい面を調達しても良いのだが、祭りの日でもなし、売り手を見つけるのに手間がかかるだろう。

「これを拾うために、川に落ちたのか」

「ないと困るでしょう。焼継師にでも接《つ》いでもらえば、まだ十分使えますし」

「なるほどねえ。はは、それはどうもありがとうな」

相変わらずの笑みを浮かべ、しかし力のない声で、この青年がまた笑う。そうしてふと、気がついた。面を割られた際、彼自身も顔に傷を負ったはずであったが、すっかりそれが失せている。当人が喰い千切った左腕の傷すら、既に何の痕跡も残さず消えているのである。

彼はそのことに、気づいているのだろうか。

歩きながら身を捩り、衣服を絞る刻雨の一方、のっぺらぼうは顎を引き、流れる川へ顔を向けている。

そうして月の光の下、てらてらと輝く川面に向かって、彼はぽつりとこう言った。

「まるで彼岸《ひがん》と此岸《しがん》みてえだ。三途《さんず》の川を渡っちまった俺と、すんでのところで渡りそこなったおまえと」

例の脇差を手にとって、のっぺらぼうが目のない顔で刻雨を見る。

視線は合わない。目がないのだからあうわけもない。だが彼は真っ直ぐに刻雨を見据えると、なんでもないような口調で、笑ってこう告げた。

「すっかり忘れてた。俺はあの時、桑黄山で……、とっくに死んじまってたんだな」

声に出しては答えられぬまま、刻雨が一つ頷けば、彼も何やら納得したらしい様子である。しばしの逡巡ののち、刻雨はこの青年の隣へ追いつくと、川を眺めてこう言った。

「あなたの場合、正確に言うと渡ってません」

「何の話だ」

「三途の川です。川を渡れていたなら、今頃その魂は、幽世《かくりよ》へ辿り着いているべきです。ですがあなたはまだこうして、現世に居残っているではないですか」

「……、その細かい訂正、必要か?」

呆れた様子で青年が言うのを、話半分に聞き流す。

そうこうしている間に、ふたりはのっぺらぼうの案内するまま、一軒のあばら家へと辿り着いた。

人が住まなくなって久しいのであろう。辛うじて形は残っているものの、屋根は半ば剥がれ落ち、一部が崩れた土壁にも、雑草が生えてしまっている。周囲には田畑であったのだろう土地が広がっているが、しばらく耕された形跡がない。ここは一体、誰の家かと尋ねれば、「空き家だよ」と答えがあった。

「爺さんがひとりで住んでたんだが、一昨年亡くなってね。空き家を空き家のままにしておくと、ちょいと悪い奴らが根城に使っちまう事があるから、近々片付けなけりゃと思って目をつけてたんだ。今の俺達には丁度いいな」

確かに、いっとき身を隠すのには都合が良かろう。だがそう考えた瞬間、視界の端に動くものを見かけ、刻雨は飛び上がりそうに肩を震わせた。

「どうした」

「い、今、そこに何か、」

壊《やぶ》れた烏面を顔にかざしたのっぺらぼうが、刻雨を押しのけるようにして、家の中を覗き込む。呆れた様子で溜息を吐いた彼の後ろから、同じく覗き込んで見れば、貧相な身なりの男達が、たむろしているのが見て取れた。咄嗟に火を消したのであろう、脇に置いた提灯からは、いまだふわりと煙が漂っている。

「茂七《もしち》？　それに次平太《じへいた》、赤島《あかしま》……。おまえら、こんな時間になにやってんだ。賭け事からは、足を洗うって言ったろ」

「お、その声は、新か？　なんだ、脅かすなよ」

ほっとした様子で息を吐く男達は、どうやら新の、かねてよりの知り合いらしい。

男達があばら家から出て来ようとするのを見て、のっぺらぼうの青年は、手にしていた脇差を刻雨の手に持たせ、己の腰に帯びた刀も、そっと背に回して隠してみせた。彼らの前では引き続き、新のままでいるつもりなのだろう。

「博打《ばくち》は萬景じゃあご法度だって、前にも言ったろ。引っ立てられてからじゃ遅えんだ、もうやるな。かみさんが泣くぞ」

「いやいや、わかってるって。今日のはまあ、ちょっとした双六《すごろく》遊びでさあ」

「それよりおまえ、その面はどうした？　法師様なんか連れて、夜更けになんでこんなところへ。まさかこれから、あやかし退治にでも繰り出すつもりか？」

彼らはまだ、今しがた町中で起きた騒動を知らないのであろう。冗談めかしたその言葉に、のっぺらぼうも笑い返す。だがその声は、どこか侘《わ》びしく疲れて聞こえた。あんなことがあったばかりだ、当然であろう。

できる限り不自然でないように装って、刻雨は、のっぺらぼうと博徒達の間へ割り入った。可能な限りの愛想を込めて、「一晩寝泊まりできるところを探していて、」と、へらりと笑う。

「新殿に案内していただいたところなのです」

「ここへ？　もっとマシな宿が、他に幾らでもあるだろう」

「あ、いや、宿代がなくて」

「一銭も？」

「ええ、まあ、……はい、……一銭も、」

思いがけず事実を呈することとなり、刻雨がしょぼしょぼと肩を丸めるのを見て、博徒達も納得したらしい。憐憫《れんびん》に満ちた眼差しで見られているのが気になるが、上手く丸め込めたなら、この際、良しとしよう。

「それじゃ、今晩は法師様に譲って差し上げようかね」

「いい場所なんだからなあ、今晩だけだぞ」

「今晩だけじゃなく、賭け事からは足を洗え。……暗いから、気をつけて帰れよ」

すかさず釘を刺した新に手を振り、男達が去っていく。

刻雨の脇に立つのっぺらぼうは、彼らの後ろ姿が見えなくなるまで、黙ってそれを見守っていた。そうしてすっかり静寂がもたらされてから、しかしそれを打ち破るかのように、努めて明るい声を出す。

「さて、あがれよハルサメ君。まずはその服、乾かさなけりゃならんだろ」

我が物顔で家にあがりこんだのっぺらぼうが、柴に火をつけ、囲炉裏に移す。招かれた刻雨が濡れそぼった鈴懸を脱いで脇に干す間、薄暗い家の中を漁っていたこの青年は、何気ない口調でこう問うた。

「しまった、食うもん何もねえや。腹減ったろ?」

「えっ？　いえ、私のことはお構いなく。食事処でたくさんいただきましたので。私よりむしろ、あなたの方が、……」

夕餉を取りそこねたのではないかと尋ねかけ、しかしすぐさまその問いかけの愚かさに思い至り、辛うじて口をつぐむ。

相手は生者でないのだと、わかっていたのに口が滑った——。餓えていないわけがない。刻雨は既に、彼の内に潜む底知れぬ渇求を知っている。

刻雨の沈黙に、思うところがあったのだろう。家探《やさが》しをやめたのっぺらぼうは、すとんと囲炉裏の脇に座すと、燻《くすぶ》る炎をじっと見た。刻雨も鹿杖を脇に立て、おずおずと、囲炉裏を囲んで腰を下ろす。

ぱちぱちと、火の爆《は》ぜる静かな音。

「おまえは、知ってたんだな」

頷いた。何を、と問うほど鈍くはない。

居住まいを正し、刻雨は、「謀《たばか》って申し訳ありませんでした」と、せめて誠実に頭を下げた。

「あなたが牙卵を喰らって生き延びたというのも、その為に牙獣《がじゅう》と近しい存在になっているというのも、すべて作り話です。あなたはあの夜、桑黄山で、……刺客に討たれて、命を落とした。あなたの亡骸は、天狗殿の洞の近くに葬られたそうです」

「亡骸、……」

のっぺらぼうが、呟いた。

「それじゃ、今、ここにいる俺は何者だ?」

「……。正直な話、私達にもあなたが何者であるのか、断言することはできません。ただ、未練を残して絶命し、幽鬼となったと考えるのが、一番それらしくはあります」

「幽鬼、」呟くようなその声が、わかりにくく、しかしいくらか、震えている。「ですが」と刻雨はいくらか語気を強めて、続けた。

「幽鬼は通常、あなたのようにはっきりとした自我を持つことなどありません。個人を特定できるような姿を持ち、意思を持ち、思考し、己の腕にかぶりついてまで、衝動を抑えることなどしないものです」

　ぱちぱちと静かに、囲炉裏に灯した火が爆ぜる。薄ぼんやりとしたその灯りに、表情のわからぬのっぺらぼうの顔が、ゆらりぐらりと明暗に染め替えられてゆく。

「あの時は」と言葉を受ける青年の声は、存外にも心もとない。

「何故だか咄嗟に、ああしてたんだ。目の前が歪んで、やけに腹が減って、――目の前の、仇に、新玉に喰らいつきたい、……喰い殺して、やりたい、と、……そう思った。けど、」

「できなかった」噛みしめるように言う声に、彼の発した悲痛な嗤い声を思い出す。涙の流せぬのっぺらぼうが、腹の内から吐き出した、嗚咽《おえつ》のような嗤い声を。

「牛込、河洛、どちらのことも信頼してた。だがあいつらは、古くから稜賀の氏族に仕えてきた家の人間だ。影武者に過ぎぬこの俺と、本物の稜賀新玉とを天秤にかけて、後者を選んだとて当然のこと。だが、――新玉。あいつが、あれほどまで愚かだったとは、俺も想定しなかった」

　のっぺらぼうが、握りしめた拳を床に打ち付ける。ささくれだった床板は彼の拳に傷をつけたが、この男は細くたなびく黒い霧血に注意を払う様子もない。それでいて沸々と湧き上がる怒りを辛うじて封じ込めるように、押し殺した声で、こう続けたのだ。

「新玉が選んだのは、――この国を、戦場《いくさば》へと変える道だ」

　吹き込んできた秋の風に、囲炉裏の火が大きく爆ぜる。ゆらりと舞った火の粉が、のっぺらぼうの首筋を抜けてゆく。

「どういうことです」と刻雨が問えば、のっぺらぼうは自嘲気味ににやりと笑う。

「礼黄の町中に、突然何故、幽鬼が出現したと思う」

問われ、刻雨もはっとした。礼黄の町へ現れた、猪型の幽鬼に、人の形をした幽鬼。それらの不自然な出現には、刻雨も違和感を覚えていた。その上で——、場の状況から、こう推測したのだ。

あの幽鬼は、河洛と呼ばれた武者が放った、内に空洞のある鈍色の吹き矢から、いでたものではなかったかと。

「もしやあなたは、この矢が何か知っているのですか」

鈴懸《すずかけ》の袂に手を入れ、烏面と共に拾い上げたそれを、わずかな灯りへ翳《かざ》してみる。

「これは先程、あなたの面を割ったものです。地に落ちて割れたこの矢の中から、幽鬼武者が出現した。私にはそのように見えました。状況から考えて、幽鬼武者は何者かの手で、この矢に封じられていたと考えるのが妥当です。ですが、その……」

「——幽鬼を封じ、それを操る術がある」

刻雨の言葉へかぶせるように、のっぺらぼうの唸る声。

「その矢のことは知らねえ。だが心当たりはある。俺が今回の領土視察に入るより少し前、萬景を訪ねてきた客人があった。客人は、秘術を用いて幽鬼を操り、その力で——周辺諸国を蹂躙《じゅうりん》し、萬景を更なる発展に導けと、そう俺達を唆したんだ。講和など生ぬるい、真の平和を得たいなら、今こそ長塚、玉欅を討てと」

「秘術で、幽鬼を……？　一体誰が、そんな事を」思わず声を潜めた刻雨に、のっぺらぼうが手を伸ばす。件《くだん》の矢を渡してやれば、彼はまじまじとそれを見て、苛立たしげに溜息をついた。

「それを提案してきたのは、帝領のお膝元におわす――声聞法師《しょうもんほうし》の連中だ」

声聞法師。その名に、刻雨の肩がぎくりと揺れた。

――おっと奥さん、心配せんでも大丈夫ですよ。ほら、この札をご覧くだせえ。身体のあちこちに貼ってあるでしょう。これは声聞法師の先生に施していただいたもんで、悪霊の祟りを、この子の身の内側に留めるためのものなんですわ。

声聞法師といえば、陰陽寮に連なる法師の中でも、特別な権力を持つ一派である。

萬景を荒廃に追い込んだ先の戦の頃、帝都では先代たる悟克帝《ごこくてい》の崩御をめぐり、吉野《よしの》西鶴《さいかく》の一門と飛鳥井《あすかい》の一門が跡目争いを行っていた。飛鳥井の一門は帝位を掌中に収めるため、あらかじめ神鹿《みろく》の加護を我が物にしようと画策するも、それにしくじり自滅。そのお家お取り潰しの指揮を率先して執り行ったのは、飛鳥井にとっては政敵であり、瑞鏡帝《ずいきょうてい》を輩出した吉野西鶴の一門だ。

彼らは座敷牢に鎮座する神鹿の子を見つけるやいなや、屋敷から引きずり出し、祟りを封じ込めるという名目で、縁の深い声聞法師らに、その身柄を引き渡した。

「……、声聞法師といえば、現帝である瑞鏡帝とも懇意の一派。ではその提案を萬景に持ちかけたのは、瑞鏡帝が？」

「そういうことになるだろうな。萬景は代々、瑞鏡帝を輩出した吉野西鶴の一門と手を結んできた国だ。守護国となって帝領と、それを治める現帝を守り、代わりに帝領の加護を得ることで栄えてきた。だが十五年前の戦の際、攻め入ってきた長塚に苦戦を強いられたことで、萬景の兵力、ひいては帝領の加護の弱体化を露呈してしまった。春先に俺が結んだ講和も、他国にとって都合のいい条約が多いことは事実。確かに以前の力関係と比べれば、不足と見えたんだろう。だが、」

胡座《あぐら》をかいた膝に肘をつき、片手で自らの顔を覆ったこの男は、苦々しげに、こう続ける。

「復興が進んだとはいえ、萬景の基はまだ脆弱。戦を仕掛けたが最後、あっという間に攻め返されて、国境《くにざかい》各地はいずれも戦場と化すだろう。第一、声聞法師の言う幽鬼は、どこで調達されると思う。戦場でだ。あいつらは戦場で死んだ兵士を幽鬼化させて、兵力に充《あ》てよとそう言ったんだ。──そんなこと、了承できるわけがないだろう！

俺は新玉に、この件には手を出すべきでないと進言し、声聞法師を突っぱねた。幽鬼とは、未練を残して死んだ者の成れの果て。そうだろう？　既に生命はなく、意思もなく、彷徨《さまよ》うばかりの存在であったとしても……、人の形をした者は、元は人であったはず。桑黄山で幽鬼化した配下のように、──それぞれに意思を持ち、家族や友人との生活があったはずだ。それを封じ込めて、道具のように扱うなど、鬼畜の所業としか思えん。そこにあるのは戦場じゃない。地獄だ」

「だが、……」振り絞るようなその声が、それでも刻雨の鼓膜を震わせてゆく。

「どうやら新玉は、俺の知らぬ間に声聞法師の提案を受け入れていたらしいな。そうして手に入れた道具を、まずは己の手に余る、影武者を討つことに用いた。――八日前の桑黄山。そこで俺達を襲ったのは、紛れもなく、さっき見たのと同じ類の幽鬼だった」

――数日前から西峠道に、人型の幽鬼が棲んで離れねえ。至急、法師を派遣してくれと陰陽寮へ申し入れてるってのに、どうにかすると言ったきり、梨の礫《つぶて》ときたもんだ。

礼黄の町の人々が、そう話していたのを思い出す。

少し前から姿を見せ始めた人型の幽鬼。それを祓わぬ陰陽寮。

思えば刻雨を桑黄山へ送り出す際、人々は西峠道に出没する幽鬼の身の丈を、凡《およ》そ六尺と言っていた。だが刻雨が実際に目にした幽鬼が、それとは比べ物にならぬほど巨大であったことに、違和感を覚えてはいたのだ。

(礼黄の町の人々が、嘘を語ったとは考えにくい。彼らの話したことは、きっと事実であったのだろう。つまり、……)

影武者が山に立ち入る前から、ことは始まっていたのだ。

稜賀新玉と声聞法師の一派が、幽鬼を如意に操れるというのなら。彼らは事前に桑黄山へと幽鬼を放つことで、人払いをしたのではなかろうか。その上で何食わぬ顔をして、影武者を帰路へと誘導し、手勢ごとそれを討ち取った。討たれた武者達は幽鬼と化し、彼らを襲った幽鬼ともども互いを取り込み合って、巨大な姿を呈するに至ったのだ。

――あっという間の出来事だった。繁みから飛び出してきた、幾つもの影に襲われたんだ。勿論すぐさま応戦したが、いくら刀で斬りつけても、一向に手応えがない。

桑黄山での出来事を語る際、彼ははじめから、確かな口調でそう言っていた。

（もしかしたら、……）

敏《さと》いこの青年のことだ。山で討たれたその時から、彼は大凡《おおよそ》のことを察していたのかもしれない。察していながら、しかしそれを記憶の内から追いやってさえ、今の今まで、信じようとしていたのだ。

稜賀新玉が、そのような外法に手を染めるはずはないと。

国守たる者が、己の国を戦場とするような、愚は犯さぬはずだと。

それなのに。

「ああ、でも、――、俺も最早、幽鬼なのか」

つるりとした顔を己の手で撫で付けて、「さっきはなんとか踏みとどまった」と、のっぺらぼうが唸るようにそう話す。

「だが、……俺もいつか、無差別に周囲を襲う化け物となるのか？　いや、そもそも、最早奴らの術の内にあって、……戦場で無限に使役されるために、こうして現世に、留まっているんじゃやないのか」

零《こぼ》れ落ちたその声が、か細く震えている。恐れからくる震えだろうか。怒りからくる震えだろうか。押し殺すようなその声は、刻雨に向けた問いではない。

――こんなふうに閉じ込められて、道具みたいに扱われるの、俺ならとても耐えられない。

脳裏をよぎったその声に、はっと小さく息を呑む。

記憶の内の、幼い声。刻雨の胸の内に、後悔の念と共に燻り続ける少年の声。

――今ならこの札、全部剥がしてやれる。そうしたらおまえ、自分の足で歩けるか？

――何度だって言い返せ。誰かの役に立たなけりゃ、生きてちゃいけねえのかって。俺達は、ただ生まれてきちまったから生きてんだ。どう生きようが自由なんだよ。

あの時は手を引かれるまま、助けてもらうことしかできなかった。相手の善意に甘え、周囲からの悪意に怯え、結果として、悔やんでも悔やみきれぬ事態を引き起こした。

だが、今は。

そっと手を伸べ、俯いた姿勢でいるのっぺらぼうの腕を掴む。ぎくりと肩を震わせたこの青年は、怪訝な様子で刻雨を見た。

「化け物や戦の道具に、なる予定があるのですか？」

「知るか。俺が教えてほしいくらいだ」

「私だって知りませんよ。幽鬼を操る術のことなど、今はじめて耳にしたんですから。ですが、――私や天狗殿は当初、あなたが己の死を自覚すれば、仇への怒りに狂って我を忘れるのではないかと危惧していました。でも、そうはならなかった。あなたはあなた自身の意思で、踏みとどまった」

「どうかそのままでいてください」微笑んで、じっと目の前の男を見据えたまま、刻雨は彼にこう言った。

「あなたが己を保ってくだされば、私も、――あなたをこの手にかけずに済みます」

はっとした様子で刻雨を見るのっぺらぼうが、「なるほどな」と笑みを浮かべる。

「俺が周囲に仇をなす化け物となったなら、おまえが祓ってくれるわけだ。いや、そもそも俺の目付役として、あのおっさん、……天狗御神《みかみ》に生かされたってわけか」

「察しがよくて助かります。まあ、概ねそんなところです」

「この鈍臭い法師殿に、俺を祓えるのやら、甚だ疑問だが」

実際のところそうなれば、刻雨に、彼を祓ってやる余裕などないだろう。

祓いとは、亡者を現世に留める未練を断ち切り、その魂を正常な生命の輪廻に還すこと。しかし牙卵を持たぬ刻雨には、彼を祓う術がない。

――おぬしはただ、おぬしの受けた祟りごと、その身を喰わせてやれば良い。おぬしが身にまとう腐気は、幽鬼にとっても毒となろうからな。……毒をもって毒を制す。その程度のことならば、おぬしにも成し遂げられよう。

桑黄山の天狗御神は、冷ややかな口調でそう告げた。

刻雨が生まれながらに負った神鹿の祟りは、この身に封ぜられて尚、じわりじわりと周囲を蝕む。それを幽鬼に喰わせたなら、なるほど確かに、幽鬼の自由を奪う程度の毒としては機能するのかもしれない。だがそんなことになれば、勿論、刻雨とて無事でいられるはずもなし、ともすれば、――彼の魂を正しく輪廻に還すどころか、毀《こわ》してしまう可能性すらある。

「心配してくださるのなら、せいぜい己を失わぬよう、気張っていてくださいね」

すべて話して、不安を煽る必要はない。できる限りの穏やかな声音でそう言って、そっと彼から手を離す。

「……、私が萬景へ来たのは、白牙法師の総本山たる御晴野《みはるの》の磐座《いわくら》から、山護叩扉《やまもりこうひ》を行う傍ら、この地の状況を見聞してくるようにと、そう指示を受けたからです。声聞法師が幽鬼を封じ、扱う術を得たこと。萬景の稜賀新玉が、それを用いたこと。帝領の瑞鏡帝が、関与しているかも知れないこと――。これだけの情報があれば、私は一応、御晴野の指示通りに見聞をし、それを報告したという体裁を整えられます」

――この一帯には少し前から、巨大な呪が施されておる。

――陰陽寮の配下にない、おぬし以外の法師は今、何人《なんぴと》たりともこれらの土地には踏み入ることとすらできぬのだよ。この意味がわかるか、刻雨。

西域に霊場の乱れありと、御晴野からそう便りがあった。山護叩扉を行う傍ら、周辺の土地の様子を見聞きするようにというのが、剱日女《つるぎひめ》、そしてその後継である華南《はなみ》からの指示である。天狗も話していたとおり、御晴野は西域で何かが起こりつつあることを、確かに察知していたのだろう。だが帝領周辺は、陰陽寮の管轄内。御晴野は、表立って口をだすことができなかった。

――御晴野。そうだ、あの磐座も、とんだ食わせ物ではないか。神鹿の忘れ形見を救うと約束しておきながら、祟りと共に力の殆どを封じた上で、都合のいいように己等の駒として手元で育てるとは。

――わたくしは聖人ではないからね。単なる善意から、おまえを助けてやることはできないよ。だがおまえが、人として生きたいと望むなら。

「……、あなたは、どうしますか」

刻雨が聞けば、のっぺらぼうの口元が、きゅっと引き締まる。

「どう、って」

「桑黄山であなたは、あなた達を討った刺客の正体を明らかにし、それを討つと、そう言っていたでしょう。そうでなければ、亡くなった方々に顔向けができないと。ですがあなた達を討ったのは、萬景の国守たる、稜賀新玉その人だった」

「あなたはもう、人ではない」できる限りの穏やかな声音で、しかし明瞭に、刻雨はそう口にした。

「私はある経緯から、この身に祟りを受けています。数日の逗留でどうこうなるものではありませんが、あまり長く一処へとどまると、その土地や国に災いをもたらしかねません。――私の牙卵を宿したあなたも、この国のためを思うなら、長く留まるべきではないのです。あなたにはもう、稜賀新玉に代わって萬景を導くことはできない。その上で、……どうしたいか、教えていただけませんか」

目鼻のないその顔が、じっと刻雨を見つめている。

我ながら、なんと酷なことを問うているのだろうと、そう思う。この男は拾われた稜賀の家で実力をつけ、影武者でありながら、本物の稜賀新玉の地位を脅かすほどの支持を得た。国外との講和を成し、国内が再興するための基盤を整えるために奔走した彼には、流れ者でしかない刻雨には知りようはずもない苦楽があっただろう。それらをすべて、捨てろと言っているのだ。

しばしの沈黙。それでもなんらかの答えを返そうと、のっぺらぼうが重い口を開いた、その瞬間。

「おおい、新！　それに法師様。ここにいるってのは本当か？」

外から聞こえてきた声に、ぎくりとしたのは刻雨だけではない。

咄嗟に立ち上がろうとするのっぺらぼうを手で制し、まずは刻雨が、外の様子をうかがった。聞き耳を立ててみる限り、どうやら複数の人間の気配が在る。

新、と確かに呼んでいた。ならば礼黄の町人達だろうか。だが一体何の用があって、夜更けにこんな場所を訪れたというのだろう。

（もしや、――）

礼黄の町で人々に、幽鬼の肝を喰らうのっぺらぼうと、法師装束を身にまとった刻雨の姿を見られている。それなりの騒動になってしまったから、話が口から口に伝わって、日中の刻雨達の姿を見た者のところへまで、届いてしまったのではなかろうか。

　新が身につけた烏面を、人々は茶化しながらも訝しんでいた。何を言われても面を身につけたまま、素顔を見せようとしなかった態度を怪しみ、それを町中に現れたのっぺらぼうの存在と結びつけて考えたとしても、なんらおかしいことはない。

　その上で、何らかの経緯で——恐らくは、先程の博徒達から話を聞きつけて——のっぺらぼうがここに身を隠していることを知り、群れをなして、押しかけてきたのだとしたら。

——化け物だ！　人の形をした化け物が、礼黄の町に紛れているぞ！　法師のふりをした男が、町へ招き入れたんだ！

　刻雨の背筋に、冷たい汗が湧いて出た。会話に集中するあまり、外への警戒が疎かになっていた己に嫌気が差す。立て掛けてあった鹿杖を取り、覚悟を決めて薄《う》っすらと戸を開けば、「おお、」と意想外に暢気《のんき》な声が上がった。

「ほら、まだ居たろ」

「そりゃわかってるよ。囲炉裏の火が漏れてたからねえ」

「はやいとこ、戸を開けとくれ。荷が重くて、腕がちぎれちまう」

　女人の声が交じるのを聞き、眉を顰めてもう少し、更に戸板を滑らせる。てっきり、町に現れた化け物を排除しようと、熱《いき》り立った人間達が押しかけたものと思ったが、それにしては様子がおかしい。

「とっとと開けちまいな。こうなっちゃ、逃げも隠れもできねえだろう」

思案を巡らす刻雨の背後から声をかけ、がらりと無遠慮に戸を開いたのは、壊れた面をうまいこと身につけた、のっぺらぼうの青年である。唐突に戸の支えを失い、「ひえ、」とまろびかける刻雨を尻目に、彼はあばら家に押しかけた十数人に向かって笑みを浮かべ、こう問うた。

「こんな夜更けに揃いも揃って、一体どうしたってんだ？」

軽い口調を努めてはいるが、声に緊張感が滲んでいる。彼もまた、突然の来訪者に戸惑いを隠せては居ない様子である。

だがその姿を見た人々は、「新！」とあくまでも睦まじげに名を呼んだ。

「茂七達から話を聞いてさ。今晩はここに泊まるんだって？」

「けどこんなとこじゃ、ろくに食うものもねえだろう。それで、あれこれ持ってきてやったわけよ。ほらこれ、饅頭《まんじゅう》。店の余り物だけど」

「見ろ、酒も有るぜ。ああ、でもおまえ、下戸だっけ？　そんなら仕方ねえ。代わりに俺が飲んでやろう」

「端《はな》からそのつもりで持ってきたんだろう？　せめて法師様にあげなさいよ」

「そういうわけなんで、ちっとあがらせてもらうぜ。まあ、長居はしねえから」

どうにも事態が飲み込めず、顔を見合わせる刻雨達を押しのけるように、町人達が銘々の荷を持って、あばら家へ押し入ってくる。

敵意を向けられているわけでもなしに、力ずくで止めるわけにもいくまい。致し方なく為すがままにし、しかし刻雨は、囲炉裏端に置かれたままになった刀に気づくと、はっと小さく息を呑んだ。

新は確か、船問屋をしていることになっていたはずだ。それなのに刀など所持していたら、先程の騒動のことがなくたって、訝しまれるに決まっている。だが刻雨の心配を他所に、のっぺらぼうは最早、取り繕おうとする気配もない。ぎしぎしと鳴る柱にもたれかかった彼は、黙って彼らを迎え入れた。

「これ、新様の？」

目立つ品だ。すぐにひとりが気づいて、そう問うた。「まあな」と返すのっぺらぼうの声は硬いが、人々はお構いなしである。

「そりゃあ法師様は、刀なんか持ち歩かないもんねえ」

「それにしたって、立派な拵《こしら》えだな」

「おや。あんた、そういうものの価値に詳しいのかい？」

「いや、ちっとも知らねえけど。そう言っとけば、通っぽいかと思って」

暢気に笑い合う人々を前に、調子を狂わされたのは刻雨だけではない。「驚かねえんだな」と唸るようにのっぺらぼうが言えば、また他愛もない世間話を続けるような態度で、皆けらけらと笑い始める。

「本当は、何か訳アリのお武家さんなんだろ？　今更だな。おまえの手の剣術だこに、気づいてなかったわけでもねえし」

「港町で船の仕事をしてるってわりには、たいして日にも焼けてないもの」

「潮風に揉まれてるはずなのに、髪なんて艶艶してるもんねえ」

「あんたの嘘は、詰めが甘いのよ。でも本人が言いはるから、話を合わせてあげてただけ。いい？　海の男ってのは、もっと豪胆な感じになるもんなの。新ちゃんじゃあ、ちょっとばかし足らないねえ」

「──俺だって十分、豪胆なのに」

下唇を突き出したのっぺらぼうが、不服そうに刻雨を振り返り、「だよな」と突然同意を求めてくる。「まあ、そうですね」とふんわり返しても、納得した様子はない。だが──、柱にもたれかかったまま、ずるずるとその場に座り込む彼の肩からは、すっかり力が抜けていた。

「なんだよ、まるで、……。寄ってたかって俺のこと、わざわざこんな所へまで、励ましにでも来たみたいじゃねえか」

絞り出すような呟きに「さてね」と明るく応じる声。

「なんだか今日、昼間から元気なかっただろ？　みんな心配してたのさ」

「おまえがおとなしいと、こっちも調子が出ねえっていうか」

「店の都合で来られなかった奴らからも、くれぐれもよろしくって頼まれてるよ」

「ほら、新ちゃんおいで。膝枕してあげる。好きでしょ？　ひ、ざ、ま、く、ら」

女が朗らかにそう告げて、ぽんぽんと己の膝を叩く。にやつく周囲の視線を受け、のっぺらぼうは一瞬、憮然とした態度で口をつぐみ、――しかしすぐさま、今度こそ、取り繕うように破顔した。

「こんなに人の目がある所で、甘えられるかよ」

照れくささを隠すように、どっかと音を立てて足を投げ出した新に、「人の目を気にするような男だったかねえ」とからかう声。

「新はしっかりしてそうに見えて、変なとこ餓鬼っぽいから」

「そうそう、俺達が甘やかしてやらねえと」

「饅頭食いな。お子様舌の新には、甘いやつが一番だろ」

「誰がお子様舌だって？　言っとくけどな、酒だってちっとは飲めら。寄越しな」

手渡された饅頭を頬張り、盃を求める姿は、すっかり周囲に打ち解けている。それを見た刻雨は、人々に悟られぬよう、そっと安堵の息を吐いた。

（のっぺらぼうの正体に気づかれたと思ったのは、杞憂、……だったのか）

突然の来訪者につい身構えてしまったが、彼らは事実、ただ純粋に新を励ますためだけに、この場に集ってきたらしく見える。

もし正体に気づいていたなら、彼らは今頃、面を外せ、本性を見せろと、詰め寄っていたに違いない。そしてのっぺらぼうの異形を目の当たりにしたなら、恐れ慄き、嫌悪するに違いないのだ。そういう群れの習性を、刻雨はこの身をもってして、嫌というほど味わってきた。

（彼らは何も気づいていない。だから何も言わないのだ。ああ、でも、……本当に、そうだろうか）

日中、既に新の様子がおかしいことに気づいていたなら、その時に励ませばよかったのだ。こんなに夜が更けてから、わざわざ町外れのあばら家に訪れずとも、明日だって明後日だって、その機会はあるはずなのだ。それなのに彼らはあえて今日、この場にこそ集まった。

恐らくは何かを察した上で——、それでも。

ちくりと胸が痛んだことに、刻雨は、知らぬ素振りを貫いた。

「ねえ、今、何が起きているのかわからないけどさ。私達みんな、新の味方だからね」

ひとりがぽつり、呟いた。

「どんなに辛いことがあったって、我武者羅《がむしゃら》にやってればなんとかなるもんだって、教えてくれたのはおまえなんだからな」

「今度は私達が、新の力になる。できることがあれば、何でも言って。ねえ、法師様。法師様も、力を貸してくれるだろう？」

問われ、ちらとのっぺらぼうへ視線を向ける。囲炉裏端に座したこの男は、しかし静かに俯いて、じっと炎を見つめていた。刻雨を振り返る様子はない。

「……渡りかけた橋ですから、引き返すつもりはありません。不肖の身に能《あた》う限り、新殿の力になりましょう」

辛うじて、にこりと穏やかに微笑んでみせる。求められているのは、こういう答えであるはずだ。

刻雨の言葉を聞いた町人達が、安堵した様子で息を吐く。「飲もう」とひとりが声をかければ、皆がそれに呼応した。

努めて陽気に振る舞うような、そういう類の宴であった。

彼らにその気はなかろうが、まごうことなく、これは弔いの宴であった。

四半刻ほど付き合って、まだ賑わう人々の声を聞きながら、刻雨はそっとあばら家の外へ出た。新を名乗る青年と、彼を慕う人々の酒盛りの席に、いつまでも部外者の己が居座ることに、居心地の悪さを感じたからだ。場に集った者は皆友好的で、刻雨にも隔てなく接してくれたのだが、だからこそ身の程をわきまえて、退くべきだと考えた。

(俺は、あの場にふさわしくない)

苦笑して、もと来た道を引き返す。のっぺらぼうを置き去りに、どこへ向かおうと思ったわけでもない。ただ今は明るい喧騒から離れて、ひとり静かに、夜風に吹かれていたかった。あの場に留まっていたら、刻雨はきっと、彼らを妬んでしまう。そんな予感があったから、距離を隔てていたかったのだ。

秋の星が瞬いていた。冷えた空気を胸いっぱいに吸い込んで、風にさざめく草木の鳴らす音に、ただ穏やかに耳を傾ける。

——聖と俗、二つの血筋を受け継ぎながら、どちらにもなれぬ根無し草。

——加護を与えることもかなわず、祟りを振りまく厄介者。

（……。あの方々が、会いに来てくださってよかった。俺なんかとふたりきりで話すより、きっといくらも、気が晴れるだろう）

　のっぺらぼうの抱いた未練に、寄り添ってやれと天狗は言った。だが本当の意味で彼に寄り添い、癒やしてやることができるのは、やはり生前の彼をよく知る人々であろうと思う。出会って間もない刻雨には、どうしたって荷が重い。

　あてもなくしばし逍遥《しょうよう》すれば、すぐ先程の川に出た。そういえば、濡らしてしまった鈴懸を、囲炉裏端に干したままである。流石にそろそろ乾いただろうか。そんな事を考えながら、川縁に転がる石に腰掛け、ぼんやりと、さらさら流れる川面を眺める。

——まるで彼岸と此岸みてえだ。三途の川を渡っちまった俺と、すんでのところで渡りそこなったおまえと。

（言われてみれば、俺は、いつも川を渡りそびれるな）

——おねがいします。もう叩かないでください。その子はただ、わたしを、たすけようとしただけなのです。

　幼い頃、名も知らぬ少年に手を引かれて渡ろうとしていたのは、この川の上流に架かった赤形橋であった。ならば橋から放られた少年は、この川で溺れて死んだのだろうか。この川を渡って、幽世へと旅立ったのだろうか。

（……俺はまだ、渡れない。何も持っていなかった俺に、穢れでしかなかった俺に、あの子が、命を吹き込んでくれたから）

きゅっと拳を握りしめ、解いてそっと、息を吐く。

そうして夜風にあたっていると、それほど長く時をおかず、まっすぐにこちらへ向かってくる足音があった。「こんな所にいたのか」と声をかけたのは、腰に刀を帯びた烏面の青年である。見ればその両手には、刻雨があばら家へ置いたままになっていた鈴懸や、鹿杖まで持参している。

「えっ、あの、どうしたのですか？」

もしや刻雨がひとりで出てきたことで、気を遣わせてしまったのだろうか。荷を受け取りながらそう問えば、相手はからりとした様子で、「違う、違う」と笑ってみせる。

「むしろ、気ぃ遣わせて悪かったな。おかげさまで、のんびり話せた」

「折角会いに来てくださったのです。もっとお話ししてきては？」

「もうみんな、酔いつぶれて寝ちまったよ。あの様子じゃ、朝まで起きねえな。何が『長居はしねえ』だ。こんなこったろうと思ったぜ」

やれやれと肩を竦《すく》め、しかし刻雨の脇に並んだ彼は、「まあ、元気そうな姿を見ておけて、よかったけどよ」と己の言葉を噛みしめる。

「あいつら、巻き込みたくねえからさ。このまま出立ってことでもいいか？　結局、野宿になっちまって悪いけど」

「構いません。屋外で夜《よ》を明かすのには、慣れていますから」

「ああ、一文無しだもんな」

「……あのね、礼黄で銭袋を失くすまでは、それなりに路銀もありましたし、宿だって使っていたのですよ。野宿に慣れているというのは、その、長く旅をしてきたから、という意味であって」

口をとがらせて刻雨が言っても、相手はそうかそうかと生返事するばかりである。だが月の光を宿して輝く川面の前に立ち、それをじっと見つめた彼は、独り言を零すかのように、こんな事を言った。

「川を渡る前に、最期にひとつだけ、やらねばならんことがある」

最期。

「……心は、決まったのですか」

問うた。川面を見つめ続けるのっぺらぼうは、「ああ」とだけまず短く答え、しばしの間をおいて、こう続けた。

「おまえは確か、こう言ったよな。俺が桑黄山で死を覚悟した時、自分自身の顔を裂いたのは、周辺諸国へ稜賀新玉が死んだと報じられては困るからなのだろうと。確かに、それも理由のひとつだった。講和が成ったとはいえ、長塚や玉襷、海を越えた来栖《くるす》のいずれも、萬景の土地と帝領の加護を得ようと隙を狙っているのには変わりない。稜賀新玉の存在は、萬景にとって必要だ。この命が潰《つい》えるなら、それが避けられぬことなら、新玉の名はなんとしてでも、本来の持ち主へ返すべきだと考えた。

桑黄山で死んでいった奴らのことを、軽んじるつもりはない。あいつらの仇を討ってやりたい思いは今もある。だが、――。礼黄の連中に会って、今までみてえに気安く詰して、それでようやく踏ん切りがついた。あいつらはこれから先も、この萬景で生きていくんだ。そう考えたら、新玉にはやはり、生きてもらわなきゃならねえ。仇は討てない。俺に、新玉は殺せない。けど――、萬景を、みすみす戦場にはさせない」

のっぺらぼうが居住まいを正し、刻雨の前に跪《ひざまず》く。堂々たる風格で頭《こうべ》を垂れた彼は、一言一言噛みしめるように、刻雨に対しこう告げた。

「馴染みの者達を巻き込みたくないと言ったこの口で、都合のいいことを、と思われるかもしれないが……。俺には今、おまえの他に誰ひとり、頼りにできる人間が、共に戦ってくれる者がいない。だから、」

口調は硬い。だが存外に、穏やかな声で。

「御晴野の刻雨殿。俺の最期のわがままに、どうか付き合ってはくれないか」

伍

がらん

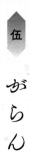

――赤琥《しゃくごう》七三三年　十月　十二日――


山にうっすらと霞《かすみ》のかかる、昼日中のこと。

広い大通り。整備の行き届いた石畳の道。人々は皆、生き生きと往来を行き交い、明るい声を上げている。竹竿を売り歩く商人に、芳しい香りを漂わせる芋売りの姿。薪売りを引き止める下男の先には、漆をかく職人の姿が見えていた。

萬景《ばんげい》の栄えし都、凱玲京《がいれいきょう》。その大通りを、足早に進む駕籠《かご》がある。

黒羅紗《くろらしゃ》に屋根を覆われた、三挺《ちょう》連なる御忍《おしのび》駕籠。やんごとなき身分の方がおいでなのであろう、とひと目で察せられるその駕籠に、人々は誰ともなしに道を譲り、我関せずといった風を装う。

だが一方、物陰から駕籠の様子をうかがう、ふたつの人影があった。

ひとりは濃色の裁付袴《たつつけばかま》に、刀を帯びた武者姿。もうひとりは白茶色の鈴懸《すずかけ》に、袈裟袋を斜め掛けした出で立ちである。ふたりのどちらも目深に笠を被り、この黒駕籠から付かず離れず、一定の距離をおいて、行く手を追ってきたのであった。

「今日は西の米河岸《こめがし》、昨日は北の千洞屋敷。どうやら、あなたの読みが当たったようですね、――荒魂《あらたま》」

ひとつ大きく息を吐き、周辺の地図を片手に刻雨《ときさめ》が言えば、表通りを覗き込んでいた青年が、振り返ってにやりと笑う。

持ち上げた笠の下からは、焼きを入れて修復した、烏《からす》の面が覗いていた。

「俺の最期のわがままに、どうか付き合ってはくれないか」

あの日、あの夜のこと。威厳をもって頭《こうべ》を垂れたのっぺらぼうの言葉に、刻雨は恐る恐る、しかし確かに頷いた。

萬景を戦場《いくさば》にせぬために、何か手立てはないものかと悩み抜く彼の言葉は真摯であった。その彼が、――刻雨の助けを、必要としているのなら。

(俺をこの地へ向かわせた、御晴野《みはるの》の真意はわからない。けれど、――)

――大丈夫。おまえは、おまえの望むものになれる。

節くれだった手で刻雨を撫ぜた、老女の言葉を思い出す。他《た》も己も問わず祟ることしかできぬと嘆く刻雨を前に、劔日女《つるぎひめ》はそう告げた。その時点では、何の確約もない言葉であった。けれど迷いのない言葉に、刻雨がどれほど救われたかわからない。

だからこそ。

――あなたは人など喰いません。

咄嗟に告げた己の言葉を、刻雨は、どうしても事実にしたかった。

ここまで来たからには、とことんまで付き合おう。しかしそう声をかけようとして、刻雨はふと、言葉を詰まらせた。

「そういえば、あなたの本当の名を教えていただけませんか」

　この青年は、稜賀《りょうが》新玉《あらたま》の影武者である。本人も言っていたように、新玉の名は彼のものではないわけだから、きっと別の名があるのだろう。だが問われたのっぺらぼうは顎に手を当て――顔があったなら、眉間に皺でも寄せていそうな様子で――ひとつ唸ってから、「強いて言うなら、影だろうな」と言った。

「影？」

「影武者の影。事情を知る奴らにはそう呼ばれてた。稜賀の家に拾われてからは、名が必要な立場でもなかったし、……親にどう呼ばれたかも、忘れちまったんでね。

　俺の生まれ故郷は、宿根《すくね》っていう萬景と長塚《ながつか》の国境《くにざかい》の村らしくてさ。十五年前の戦で焼け出されて、あちこちを転々としながら生きてたんだ。親は早々と死んじまうし、同郷の奴らも人買いに買われたり、殺されたりして、そのうちひとりきりになって、……。八つになった頃、流れ着いた礼黄《らいおう》の町で、縁あって稜賀の家に拾われた。それきり十年、新玉の影として生きてきたんだ。その役割を失くしたら、最早名前すら無いなんて、まあ、のっぺらぼうには似合いの境遇だよな」

「なんとでも、好きに呼べばいいさ」と語る青年の声は、穏やかであった。

（戦で故郷を焼き払われて、……ひとりで、）

　あっけらかんと告げられた、その生い立ちに、思わずごくりと唾を飲む。

　長塚との戦は、萬景荒廃の主な原因とも言われる悲惨なものであったと聞いている。その国境に住む人々が、どのような憂き目にあったかは、刻雨には想像することしかで強《したた》かだ。

きない。だが、それほどの人生を経てきたにも拘《かか》わらず、この青年はあまりに明るく、

（……いや、違う）

巨大な幽鬼武者を、町中に現れた幽鬼猪を前に一歩も怯まず、それらを斬り伏せる力を持ったこの青年は、――それだけの荒胆を持ちながら、戦の武功に逸《はや》らず、平和な世を築こうとしたこの男は、――それだけの過去を、乗り越えたからこそ強いのだ。

「では、……これからも、アラタマ殿とお呼びして良いでしょうか」

「はあ？　いや、好きに呼べとは言ったけどさ」

困惑した様子で、のっぺらぼうがそう唸る。刻雨は構わず「アラタマ殿」ともう一度呼びかけると、思いついたばかりのそれを、得意げにこう披露した。

「音はそのまま、別の字を当てるのです。荒ぶる御魂と書いて、荒魂殿ではいかがでしょう。呼ばれ慣れた音のほうが、あなたも馴染みやすいでしょうし」

「なんだそりゃ。いつ化け物になるともわからん、俺に対する嫌味のつもりか」

「えっ？　あ、いえ違います。名で先に荒《すさ》んでおけば、本人はそうならずに済むかと思ったのです。ほら、子が厄に魅入られないよう、敢えて名前に捨と付けたりするでしょう。それと同じ要領で、厄除けになるかと思って」

のっぺらぼうからの答えは、しばし返ってこなかった。なかなか良いことを思いついたつもりでいたのだが、お気に召さなかったのだろうか。

その晩、ふたりは川を下った山間《やまあい》で、身体を休めることにした。とはいえこの休息は、刻雨のためのものである。のっぺらぼうの青年は、桑黄山《そうおうざん》で討たれてのち、睡眠を取る必要がなくなってしまったようだと、こともなげにそう告げた。

今後の方針をざっくりと話し合い、拾った枝を焚き火に焼《く》べる。一眠りしようと刻雨が仰向けに寝そべると、この青年は唐突に、「まあいいか」と呟いた。

「まあいいかって、何がです」

「名前だよ。ハルサメ君の言う通り、荒魂でいいか、と思ってさ」

焚き火がぱちぱちと音を立てていた。刻雨が、「おや、いいのですか」と問えば、彼は笑ってこう告げた。

「取り消したって返さねえ。これはもう、俺の名だ」

「――俺だけの名だ」呟くように言うそれが、冷たい秋の夜風に紛れ、刻雨の耳にしんと静かに響いていた。

「もうちょっとマシな名はないかと思いもしたが、ハルサメ君にあんまり期待しすぎるのも酷だしな」

「ついでに言っておきますが、あなたがつけたその渾名《あだな》も、まあなかなかですよ」

「面倒だし、君付けはそろそろやめるか」

「そこじゃないんですけどねえ」

「おまえも、荒魂殿は堅苦しいからやめろ。荒魂と呼べ」

横柄ぶった態度に苦笑して、己の腕を枕に、刻雨がごろりと寝返りをうつ。一方、横になるわけでもなく、瞑想でもするかのように姿勢良く胡座をかいた荒魂は、じっと己の手を見ていた。

その手に握りしめた、血の滲んだ脇差を。

「……。この脇差は、城へ上がりたての頃に、先代――新玉の父親から下賜されたものなんだ。国守《くにもり》となる重責を負う新玉を、陰から支え、守り、いざという時には忠義を示して、代わりに死ねと教えられた」

ぽつりぽつりと告げる声。語りかけるわけではなく、ただ零《こぼ》れ落ちただけ、といった言葉に耳を傾け、刻雨は浅く目を閉じた。

「影武者を演じるためには教養が必要だと言われ、教えこまれるまま、礼儀作法から四書四武芸まで、寝る間も惜しんで必死に学んだ。食うに困らねえのは良かったが、方々から一挙一動を見張られてちっとも気が抜けねえし、何かと難癖つけて殴られるし、どうして俺がこんなことしなきゃならねえんだ、他人の身代わりなんざまっぴらごめんだ、って、はじめはそんな事ばかり考えてた。読み書き算盤《そろばん》だけ習ったら、とっとと逃げ出して、俺の好きに生きてやろう、なんてさ。けど……。

新玉とは、歳も同じ、背丈も近くて、この見た目じゃわからねえだろうけど、顔つきも、実際よく似てたんだ。稜賀の家に拾われてからの数年は、仲も悪くなくてさ。武家の作法なんてものは何も知らねえ俺に、まるで弟でもできたみてえにあれこれ教えてくれたりして……。だからかな。俺はあいつのこと、いつの間にか、他人だとは思えなくなってた。血を分けた兄弟でも、見つけたような気になっててさ。

……こんなこと、生きてる間は口が裂けても言えなかったけど。渡りぞこないの悪霊が、旅の法師に零す程度なら、許されるよな？」

声がちらりと揺らいだが、刻雨は目を閉じたまま、相槌を打つこともしなかった。

荒魂が求めているものは、きっと同意でもなければ、同情でもない。刻雨はただ黙って、これまでは表立って語ることを許され得なかった、影武者の想いを受け取った。

「あいつは臆病で煮えきらなかったけど、俺よりずっと繊細で、雅を好む帝領《ていりょう》の貴族達からは気に入られてた。俺にできないことがあいつにはできた。あいつにできないことは、俺がすればいいと思った。俺達ふたりで補い合えば、きっと、歴代の誰より萬景を富ませる、良い王になれると思った。

当初、俺の役目の大部分は、萬景復興のために領土視察を続ける先代に同行することだった。当時はまだ国内外の情勢が安定していなかったから、まあ影武者に行かせるのが妥当だろうってことになってさ。先代は、影武者に過ぎねえ俺にも良くしてくれたよ。民の声に耳を傾けろ、土地の特性を読み、その場を富ませるために何が必要か考えろって、いろんなことを教えてくれた。そうして得た知識で、新玉を支えてくれと……。

危険を伴う、外の仕事は俺の役目。次期国守として、采配を振る必要がある内の仕事は新玉の役目。新玉も嫡子として、俺以上に、先代から教えを受けたはずだ。だがその分、負担を感じることも多かったんだろう。あいつは段々と、政務に背を向けるようになっちまって……。先代が急逝して、新玉が国守の座に就いたのが二年前。けど、いざ国を治めていかなきゃならねえとなっても、あいつの態度は変わらなかった。それで、あいつが政務に向き合うようになるまで、俺が代わりを務めることになった。

あいつら、さっき俺のこと、国守の座を簒奪《さんだつ》せんと画策した国賊だとかなんとか言ってたっけ？　ああ、そうさ。影武者の立場を利用して、まるで自らが萬景王だと言わんばかりに、あれやこれやと政務に口を出した。勿論、何をするにしたって決定権は新玉にあったが、議題を持ち帰って相談しても、「良きに計らえ」と投げやりに返されるのだから、俺の意見は大概通った。

楽しかったよ。荒んだ町が活気づいて、国と民とが立ち直っていく様を見守るのは。本当は、稜賀新玉としてやっておきたい仕事は、まだいくらでもあったんだ。今となっては、望みを託すしかないが、……。

俺はもう、この国にとって必要のない存在だと言われるなら、俺自身はそれでもいい。元々この身は影に過ぎない。本物の稜賀新玉が、真実、萬景王として立つというなら、それでいいんだ。だがあいつが、帝領に踊らされて俺を討っただけなのだとしたら。声聞法師《しょうもんほうし》の手をとった、その選択が、国そのものを揺るがしかねないのだと、――理解していないというのなら」

「灸《きゅう》を据えて、やらねばなるまい」意を決した、低い声。目を閉じたままでいる、刻雨の暗闇に、じわりじわりと影が湧く。

滾々《こんこん》と出ずるこの影は、彼の発する怒りだろうか。怒りはあって然るべき。恨んで当然であろうと思う。

だがそれにしては随分――、恕《ゆる》しに満ちた、影ではないか。

目を閉じたまま、しかし思わず吹き出してしまった。「なんだ」と問う荒魂に、冗談めかしてこう告げる。

「そうしていると、まるで萬景の地に憑いた悪霊のようだ。その形相で詰め寄られたら、萬景王はそれだけで、恐れて逃げ惑うのではないですか」

「おや。俺がどんな顔をしているか、おまえにはわかるのか」

「わかりますよ。私は今、あなたの魂の伴ですからね」

「悪霊と呼びながらもまだ、魂の伴などとのたまうとは。この法師殿は器がでかいというか、趣味が悪いというか」

苦々しく笑う荒魂が、ふと思い出したように、「そういえば」と問うてくる。

「おまえ、何かの祟りを受けているとかどうとか言ってたろう。それも、どこぞの悪霊からもらっちまったのか？」

「まあ、そんなところです」

「ふうん。法師ってのも大変だな」

こざっぱりとそう言って、それ以上には追及しない。刻雨も彼に、己の素性を告げようとは思わなかった。

隠そうというわけではなかったが、刻雨にとって母方の実家にあたる飛鳥井《あすかい》の一門は、十五年前の戦の際、長塚の国と結び萬景を攻めた派閥であった。飛鳥井が神鹿《みろく》の肉を喰らったために、帝領の加護が落ち、萬景が苦戦を強いられたことも蓋然《がいぜん》であろうと思われる。

荒魂にとって、聞いて気分のいい出自ではないだろう。刻雨にしても、今はそれ以上に、集中せねばならぬことがある。

最期のわがままに付き合えと、荒魂はそう言った。

「萬景を戦場にはさせない。だが、声聞法師の提案をただ突っぱねさせるわけじゃない。帝領の顔は潰さず、萬景の国を見くびらせず、――この地に幽鬼の兵力など不要であることを、奴らに知らしめるんだ」

「狙うはただ一点。帝領から派遣されたという、千寿萬歳《せんじゅばんざい》の為の祭祀官だ」

凱玲京の小径《こみち》通り。旅人向けに設けられた茶店《ちゃみせ》の縁台に腰掛け、まだ柔らかいみたらし団子を頬張りながら荒魂が言う。隣に腰掛けた刻雨は頷いて、店主こだわりの粒餡《つぶあん》をあしらった萩《はぎ》の餅にかぶりついた。そうしてはっきりと、思い出す。

――まるで龍のようでねえ。

刻雨が礼黄の町へ辿り着いた際、うっとりとした声音で商人が語った、その話を。

——なんでもその一行は、帝領から派遣された千寿萬歳の為の祭祀官だとか。今の萬景国守様は、御年十八の若さでおられるが、先代様に似て外交上手、更には政にも長けていらっしゃる。その功が認められ、瑞鏡帝《ずいきょうてい》が御自ら、此度《こたび》の祭祀を指示されたのだと、もっぱらの噂なんだよ。

「帝領が寄越した祭祀官とだけ聞けば、陰陽寮に連なるどの一派の法師か特定することはできませんが、——瑞鏡帝の息がかかっているというなら、間違いなく、声聞法師でしょうからね」

指についた餡を舐め、刻雨がそう相槌を打てば、今度は荒魂が頷いた。

「奴らがわざわざ人目につく演舞行列をしながら萬景の土地へやってきたのにも、理由があったんだろう」

瑞鏡帝の息がかかった、千寿萬歳の為の祭祀官——声聞法師。錫を鳴らし、錦の五色流しをはためかせて、彼らは凱玲京へと足を踏み入れた。

千寿萬歳といえば、新年に披露される除災芸能のこと。帝領からそれほど距離を隔てておらぬ凱玲京に、何故こんなにも早く使者が訪れたのかということには、当初より刻雨も違和感を覚えていた。そしてその問いを口にした刻雨に、商人は得意げに、こう告げたのだ。

——千寿萬歳に先んじて、病に臥せっておられる、国守新玉様の病気平癒を祈祷しにいらしたそうな。

「萬景は物理的に帝領を守護し、その見返りに帝領から神霊的加護を得て栄えた。逆に言えば帝領は、萬景を富ませることでこそ、力を他国に知らしめることができるんだ。

　だが十五年前の戦をきっかけに、その弱体化が明るみに出て、――そうと見た周辺諸国は、帝領の弱みを探りはじめた。帝領が威光を取り戻すためには、なんとしてでも萬景へ加護を与えねばならん。それでありがた迷惑にも押し付けてきたのが、死してなお戦い続ける、幽鬼武者というわけだ」

　声聞法師は稜賀新玉の病気平癒を祈祷する名目で他国を欺き、しかし大いにその存在感を醸し出しながら、例年の千寿萬歳より早く萬景の地へと赴いた。そうして欺かれた国々は、後から悟ることになるのだ。

　あの訪問は、単なる病気平癒の祈祷ではなかったのだと。あの時に、帝領は萬景へ大いなる加護――人の手に負えぬ、幽鬼の兵力を与えていたのだと。

　そこまでが、知り得た情報から荒魂が推察した現状であった。

「萬景に、戦など起こしてたまるものか。幽鬼武者なんてものも要らん。だが確かに、それを突っぱねるだけで事を終わらせようとした、以前の俺は甘かった。萬景と帝領はいわば共存関係。萬景の平和を護りたくば、帝領の顔も立ててやらねばならん。その為に――俺はこの萬景の地で、騒動を自作自演する。そうして他国には、それが帝領の加護によって解決したかのように示してやるんだ」

　真剣な口調とは裏腹に、湯気の立つ茶をすすりながら、荒魂がまた、店の娘に団子と餅を注文する。

　桑黄山で討たれてのち、人の食べ物を食《は》んでもちっとも味もにおいもしないと嘆くこの青年は、その割にあちこちの店へ立ち寄っては、これでもかというほどよく食べるのだ。旅の支出はすべて荒魂の金で賄われているため、食べたいだけ食べてもらって構わないのだが、毎度律儀に刻雨の分まで注文してくれるものだから、刻雨にしてみれば、些《いささ》か食べ過ぎのきらいがある。とはいえ、どうやら礼黄のみならず、凱玲京でも度々忍び歩いていたらしいこの影武者が振る舞う食べ物は、はずれなくどれも絶品であった。

　萩の餅に添えられていた、香の物を噛みしめながら、「ところで」と刻雨が言う。

　荒魂が振り返ったのを見て、刻雨はこう言葉を続けた。

「その騒動とやらは、一体何をする気です。凱玲京へ着くまで秘密だと言って、教えてくれませんでしたが」

「ああ、それか」と何気なく答える荒魂が、運ばれてきた餅の皿を受け取った。

「そんなの簡単だろ？　ちょうど、騒動を起こして収めるのに、適した役者が揃ってるじゃねえか。幽鬼の俺と、法師のおまえと」

　差し出された皿に手を伸ばそうとしていた刻雨が、「んっ？」と思わず声を出す。

「えっ、役者？　待ってください。誰が、なんですって？」

「俺達がやらにゃあならんのは、帝領の神霊的加護が萬景にもたらされているのだと、広く知らしめることだ。他国の耳にまで届くよう、大げさにな。だから俺達で、その事実をでっち上げるんだ。

既に病の噂が流れている、新玉があやかしに憑かれて騒ぎを起こす。あやかしの出どころは、長塚か玉襷《たまだすき》のどちらか、と、ぼかしておきたいところだな。それを帝領から派遣された法師が、加護をもって鎮める。とまあ、そういう筋書きだ。あやかしに憑かれた国守を俺、帝領から派遣された法師をおまえが演じるわけだ」

己でもそうと分かるほど、刻雨の顔が強張った。

帝領から派遣された法師——声聞法師に扮し、帝領の威光を知らしめる。

幼い頃から何かと縁のある声聞法師に扮して、刻雨が、この国に、加護を。

「無理です」

「力を貸してくれるって言ったよな？　無理じゃねえ、やれ」

「ぜ、絶対無理です。わ、私が、か、か、加護など、与えられるわけ、」

「フリでいいって言ってるだろ。まあそりゃ、今の俺は実質悪霊みてえなもんだし？　この十年間影武者を演じきった実力で、かなり堂に入った演技をするとは思うけれども。大根役者でいい。とにかくやれ」

影武者を演じたと言っても、本物に似せる気などさらさらなかったではないか。

（船の仕事の件だって、ばればれだったくせに）

荒魂のやりたいことはわかったが、やはり、刻雨がやり遂げるには無理があろうと思われる。なんとか抗議しようとした刻雨の眼前に、しかし荒魂は、ずいと餅の載った皿を突きつけた。

「さて、我が主人たる一文無しの白牙法師《はくがほうし》殿が、これまで何を飲み食いしてきたか、順を追って思い返してみようか。今朝は大根を混ぜた糅飯《かてめし》に、柚子《ゆず》を加えた納豆汁。昨日の昼は鼈甲《べっこう》豆腐に蕎麦《そば》。ああそうそう、この時期の鴨はさぞかし美味《うま》かっただろうなあ。その合間にも、冷水売りをつかまえて白玉を食ったし、花林糖《かりんとう》に笹団子も食ったかな。礼黄から凱玲京に至るまでは、確か、珍味の牛干し肉なんてものも食べたっけ。昨晩振る舞った大名《だいなご》県の酒は、萬景が誇る名酒中の名酒なんだが、どうだろう、お気に召さなかったかなあ」

顔を青くして黙り込む刻雨を前に、荒魂がにやにやと「皿の数がいちまあい、にぃまあい」と指を折って数えてゆく。

「あ、悪霊、……」

刻雨が思わず呟けば、「さもありなん」と笑ってから、彼はちょうど通りかかった店の男を捕まえ、何気ない様子で、しかし周囲の客にも漏れ聞こえそうな音量で、こんなことを話すのであった。

「なあ、新玉様の病はどの程度悪いんだ？　俺ぁ茶岸《さがん》のほうから旅してきたんだが、どこもかしこもその話題でもちきりよ。えっ、肺の病？　――おかしいなあ。俺は、何か悪いものに憑かれたらしいと、そう聞いてきたんだが」

息をするかの如くに種を仕込む、その様子に唖然とする。

「憑かれたって、一体何に？」

「だからこんな時期に、帝領から祭祀官が来たのか」

興味津々といった様子で集まってきた客達が、銘々に推測混じりの話を広げていく。その脇で動じた様子もなく、荒魂はにやにやと笑いながら、他人事《ひとごと》かのように団子を頬張っているのである。

「そういえば昨日、三ツ樹《みつき》のほうでも似たような噂話を聞いたな」

ある者の言葉にどきりとする。三ツ樹といえば、昨晩泊まった宿場の地名ではなかったか。

「まさか、今までに立ち寄ったところでも、こうやって噂を吹聴していたのですか」

問えば、刻雨の襟元をぐいと掴んで顔を寄せた荒魂が、声を潜めてこんな事を言う。

「いいかハルサメ、よく覚えておけ。情報操作は武略の内だ。俺達が何をどうあがこうと、ひとりでできることなど高が知れてる。大局を動かさんと思うなら、まず人だ。人を動かせ」

「あなたという人は、……」

「凱玲京の人間は、噂話が大好物だからな。そろそろ俺が焚き付けんでも、尾ひれがついて、あちこち出回り始めるだろう」

言わんとすることはわかるが、動かされる人間のひとりに過ぎぬ刻雨にしてみれば、はいそうですかと素直に頷く気にはなれぬ。だがこうまで手際よく計画を進められていたのでは、否を唱える余地などないではないか。

（くっ、……腹を括《くく》るしか、ないのか？）

蒼白になりながら、それでも勘定を済ませて歩いていってしまう荒魂を見て、致し方なく後を追いかける。

「し、しかし荒魂、あなたこそそれでいいのですか。この萬景は、あなたが守ってきた国でしょう。他国へ話が広まるほどの騒動を起こすなど、あなたにとっても、望まない役回りではないのですか」

「だが、ぴったりだとは思わねえか？　幽鬼、牙獣《がじゅう》は同類を喰えば喰うほどその力を増す。そうだろう？　俺は既に参捨《さんじゅう》ばかりの幽鬼を喰ってるから、箍《たが》が外れれば、それはそれは凶悪な悪霊になるだろうよ」

「箍が、外れればって、……」

前を歩く荒魂が、ひとけのない小径に立ち止まって振り返る。蛇に睨まれた蛙の如く、咄嗟にその場へ立ち止まった刻雨は、――己を見据える烏面を前に、ごくりと唾を飲み込んだ。

「事を起こす直前に、この身の牙卵《がらん》をおまえに返す」

牙卵。

あの日、桑黄山で失った、刻雨にとっての魂の伴。

「でも、そんなことをしたら、」

「どうすればそんなことができるのか、それがそもそもわからんが、どうにかする。とにかくおまえは、生かされた理由のとおり、俺が話の通じぬ幽鬼と化したら、それを祓ってくれればいい。詳しいことは知らねえけど、おまえには何か、俺を祓うすべがあるんだろう。天狗御神《てんぐみかみ》は、出来もしない役目を課す類の御仁じゃなさそうに思うからな。

——まあ、最悪おまえがしくじっても、萬景城には本物の声聞法師がいるわけだから、誰か祓ってくれるだろう」

「けど、声聞法師の連中に祓われるのは癪《しゃく》だな。おまえがいいや」そう言って笑う荒魂の声は、相も変わらず軽やかであった。そうして彼は続けざまに、こんな事を言って聞かせるのだ。

「声聞法師に、幽鬼武者を兵力として使えと言われた時、俺はすぐさまその申し出を突っぱねた。死んだ者の魂を、生者の都合で現世《うつしよ》にとどめ使役するなど、鬼畜の所業に他ならない。そう考えたからだ。俺が今ここにいる経緯は、それとは少し違う。だが——、幽鬼を現世に留《とど》めることを否定する俺が、いつまでも川を渡りそこねたままでは、示しがつかねえだろう」

「ですが、……」

刻雨の前に立つこの青年は、既に命を失っている。それは刻雨にも、十分理解のあることであった。

——寄り添って未練を晴らしてやれば、いずれ成仏するやもしれぬし、成仏させることができれば、取り込まれたおぬしの牙卵も、戻るやもしれぬ。

そうだ。刻雨だって元々は、この青年から牙卵を取り戻すことを、この青年を成仏させることをこそ、目的としていたはずなのだ。

幽鬼でもなく、牙獣でもなく、人でもない。半端な境遇に置かれた彼が、向かうべき場所へ向かうまでのほんの一瞬、ふたりで同じ道を歩いた。それだけだ。死者には死者の、身をおくべき場所がある。彼の居場所は現世にない。数日前に己の死を自覚したばかりである荒魂のほうが、刻雨よりよほど道理を心得ている。

死者は等しく、幽世《かくりよ》へと旅立たねばならぬ。

けれど。

「私には、正直、――わかりません」

思わずぽつりと、呟いた。

「何故、そこまで献身的になれるのです。確かにあなたは既に死者。だがあなたには、個人としての意思も、記憶もはっきりとある。それを失うのが、怖くはないのですか」

荒魂は、その問いへすぐに答えなかった。だが口元だけはにやりと笑い、明瞭な口調でこう告げる。

「俺はさあ。最期まで、俺が思い描いた萬景王でいたいんだ」

思わぬ言葉に、眉を顰《ひそ》める。眼前の青年は懐手《ふところで》して首を掻き、いつもの調子で言葉を続けた。

「稜賀の家に拾われるまで、俺には正直、何にもなかった。故郷もねえ、親もいねえ。野良犬みたいなその日暮らし。俺はきっと、ある日道端で誰にも看取られずに死んでゆく、そういう人間にしかなれないんだと思ってた——。

けど新玉の影武者になり、国守を演じるようになって、世界が一変した。この俺の采配ひとつで、国は栄えも傾きもする。おまえは俺を冷静だと言ったけど、俺はこの十年間、冷静だったことなんて一度もなかった。必死に学んで思考を巡らせ、国が活気づいていくのを見て、そこに自分の足跡《そくせき》を感じる。これほど幸せなことはない。俺は、影武者に過ぎぬこの身に赦《ゆる》される限り、誰よりもこの国を豊かにする王でいようと、本気でそう思ってたんだ」

荒魂がまた背を向けて、道を真っすぐ歩き始める。

「この身の貴賤を問わず、人は誰も、死に方なんか選べねえ。選べるのは、生き方だけだ。そう思って生きてきた。だから俺は最期まで、俺の選んだ生き方をする——。安心しろ。二度目の死には、臆さない」

一切の追及を拒むような、意志の堅いその声に、戸惑いながらついてゆく。

（二度目の、死、……）

一度目は、暗く深い桑黄山の只中で。そして二度目は、——彼の育った、凱玲京で。

「新玉があの晩、礼黄にいたのは、声聞法師と幽鬼の件で誓約を結ぶため、十干見舞いをする目的だったろう。帝領から正式に神霊的加護を賜る際、萬景国守は国内に十ある社を詣でなければならん。十干の多くはこの凱玲京内にあるが、甲《きのえ》にあたる桑狗《そうこう》神社は礼黃だからな。ここ数日見ていた限りじゃ、辛《かのと》にあたる米河岸近くの神社と、癸《みずのと》にあたる千洞屋敷内の神社を詣で終えたようだから、神事の順番を考えれば、明日、あいつは最後の庚《かのえ》にあたる、形賀《けいが》神社を詣でるはずだ」

「何故、明日とわかるのです」

「明日の暦は大安《たいあん》だからな。ここしばらく慌ただしいのは、それに間に合わせるためだろう。つまり明日、新玉は形賀神社を詣で、萬景城へ戻って声聞法師と誓約を結ぶ。誓約を結ばれたら、もう後戻りはできねえ。だから俺は、明日の庚《かのえ》詣でに紛れ、新玉に接触する」

「必ずそこで説き伏せる」そう告げる声は淀みない。

「鳥居の先へは従者をつけず、あいつひとりで進むはず。悪いが、おまえにも外で待っていてほしい。俺ひとりで、最後にちゃんと、あいつと話がしたいんだ。そして話がつき次第、一世一代《いっせいいちだい》の大芝居だ」

進む道に迷いはないのだと、念を押すようなその声に、刻雨は「はい」とそう答えた。それ以外に、赦された答えなどなかったはずだ。

「――思えば、不思議なご縁でしたね」

苦笑しながら刻雨が言えば、荒魂も浅く振り返り、笑ってみせた。

「桑黄山で死にかけのおまえを見つけてから、なんだかんだで十日ほどになるか。あの時の俺は、既に死んでいたわけだから、……そうか、この不思議な縁がなければ、おまえとは出会うことすらなかったんだろうな」

「ええ。生前の、――顔があった頃のあなたとも、お話ししてみたかった」

「自分で言うのも何だけど、なかなかの男前だったからなあ」

「はは。萬景王がもう少し勝ち気な表情をしたら似てる、とかそういう感じですかね」

刻雨の雑な返答に荒魂が笑い、刻雨も笑う。

既に空は赤らみ始めていた。秋の日はつるべ落とし。そう時間をおかず、この周辺も夜闇に包まれることになるだろう。

生前の荒魂と出会えていたなら、もっと色々な話をしてみたかった。そう告げたのは本心であった。彼が存命であったなら、今も変わらず萬景王の優秀な影武者として機能していたのに違いない。彼の立て直してゆく国の姿を、見てみたかったとも思う。

「まったくさあ……。そんなふうに湿っぽくなるなよ。俺はけじめとして、やるべきことをやるつもりだ。でもおまえとは、もしかしたらまたどこかで会えるかもしれないって、そう思ってるんだからさ」

「えっ？」と聞き返す刻雨に、「いつか三途《さんず》の川の向こう側で、ってことになるだろうけど」と荒魂が笑う。

「おまえの杖についてるの、鹿の角だろ？　白牙法師は己の牙獣と縁のあるものを身につけるって聞いたことがあったから、気になってたんだ。もしかしたら鹿の神が、縁を授けてくれたのかもしれないってさ。――俺はこう見えて、なんとかっていう、鹿の神の加護を授かってるんだよ」

加護。

突然のその言葉に、動揺を隠せず口ごもる。

――どういう因果かわからぬが、神鹿の加護は今、おぬしのもとへと戻ったようだ。

そうだ。桑黄山の天狗も、そんな事を言っていた。だが萬景王は齢《よわい》十八。刻雨が生まれるより以前に討たれた、先代の神鹿と接点があるわけもなく、彼の持つ神鹿の加護は、恐らく刻雨の牙卵を喰ったことで得たものであろうと、そういう話になっていた。

荒魂に事の次第を問うたところで、明確な答えが返ってくるはずもない。そう考えて今の今まで、その話題には触れてこなかったのだ。だが続いた言葉にこそ――、刻雨は息を呑んだ。

「子供の頃、ほんの数日だったけど、場末の見世物小屋に雇われてたことがあってさ。その時、檻に繋がれてた鹿の獣憑きの子供を、逃がしてやろうとしたんだ。あんまり酷い扱いを受けてたんで、見るに堪えなくて……。で、その子供がさ。礼のつもりだったんだろうな。加護をくれると言うから、くれるんならって遠慮なく受け取ったんだ。

実のところ、当時は何をもらったのやら、よくわかってなかったんだけど。あとで物知りの爺さんに聞いたら、俺が助けた子供の正体は、何かしらの理由で人里に紛れ込んじまった、鹿の神の子かもしれねえって言うんだよ。そいつが俺に、超常の力を授けてくれたんだろうって話でさ。そのことと関係あるかは知らねえけど、俺は何かと、ちまちましたところで運がいいんだ。もしかしたら、桑黄山で自我を失わず、おまえの牙卵に行き当たったのも、そいつの加護が与えてくれたご縁かもしれねえな」

――わたしに少しでも、加護を与える力があったなら。あの子にすべて与えたのに。

(それじゃ、荒魂の持つ神鹿の加護は、……)

もう十年も前のこと、――右も左もわからぬ礼黄の町を、名も知らぬ少年に手を引かれて駆けたことがある。見世物として扱われていた天千代《あまちよ》を檻から救い出し、意思を取り戻させた少年はしかし、それに気づいた見世物小屋の主から酷い暴力を受けた上、満身創痍の状態で、橋から川へと落とされた。

――あの子に罹《かか》った災いも、わたしの祟りの結果なのか。

少年の消息はわからなかった。きっと死んでしまったろうと、無慈悲に周囲はそう言った。少年は死んだ。天千代を救おうとして死んだ。その傷はずっと、刻雨の心の内に後悔となってとどまり続けていた。けれど。

(俺自身が、与えたのか)

――聖と俗、二つの血筋を受け継ぎながら、どちらにもなれぬ根無し草。

――加護を与えることもかなわず、祟りを振りまく厄介者。

(俺が、――人に、加護を)

「……おっと。羨ましかろうが、いくら頼まれても、こればっかりは譲れねえぜ。こいつは他でもない、俺のためだけに与えられた加護なんだからな。このまま俺のものとして、冥土の土産にするって決めてんだ」

黙り込んでしまった刻雨に何を思ったのか、ほんの少し得意げに、おどけた様子で荒魂が言う。

そうではない。伝えなければ。だが、何から。

あの橋から落とされて、彼は一体どのようにして助かったのだろう。あれほど酷い目にあって、さぞかし、天千代を恨んだのではなかろうか。ああ、しかし荒魂は、刻雨があの時の神鹿の子であると、気づいていやしないのだ。

「あの、なにからお伝えすればいいか、わからないのですが、……」

困惑したまま深く息を吐き、改めて、荒魂に向き直る。夕焼けに染まる赤い空。彼方に見ゆる山々の中に、幼い頃、座敷牢の小さな窓から覗いて過ごした仁駱山《にらくさん》のあるのを見つけ、きゅっと口元を引き結ぶ。

西域は、刻雨にとって鬼門であった。彼自身が生まれ、育ち、そして幾多の記憶とともに、忌々しさを覚える土地。できることならこの地を踏まず、関わらぬまま生きてゆきたいと、本当はそう思っていた。

けれど。

——大丈夫。おまえは、おまえの望むものになれる。

鹿杖《かせづえ》をぎゅっと握りしめる。そうして視線を上げ、——青ざめた。

「荒魂！」

咄嗟に名を呼び、目の前に立つ荒魂を押しのける。刹那、何か鋭利な針のようなものが、たった今まで荒魂の首があった辺りを飛び抜けてゆく。

続けざまにもう一針。荒魂が腰に帯びた刀を引き抜き、刻雨が鹿杖を構えるのと、建物の陰から複数の人間が現れたのとは、ほぼ同時のことであった。

「影、……やはり、凱玲京へまで追ってきたか」

そう告げたのは、確か礼黄の町で河洛《からく》と呼ばれた若武者であった。その隣に立つのは、牛込《うしごめ》と呼ばれたもうひとりの武者。だが刻雨達を取り囲むように立つのは、そのふたりだけではない。狩衣《かりぎぬ》を身に着けた数名の武者とその他に、――明らかに、武者とは異なる出で立ちの男が五人。

神楽《かぐら》でも舞うかのような闕腋袍《けってきのほう》を片肩袒《かたぬぎ》し、石帯《せきたい》をつけたその出で立ちに、刻雨には覚えがあった。

「……、声聞法師」

それだけ告げる、声が震えた。

刻雨にとって母方の実家となる飛鳥井の一門が、私欲のために神鹿の肉を喰らったことが発覚した、その時。飛鳥井のお家お取り潰しの指揮を率先して執り行った吉野西鶴《よしのさいかく》の一門は、頭に枝角《えだつの》を戴《いただ》いた子供を見つけると、祟りを封じよという名目で、声聞法師らにその身柄を引き渡した。声聞法師らは良い玩具《がんぐ》を得たとばかりに子供を検分し、しかし崇ることしかできぬ疵物《きずもの》と悟るがはやいか、――その意思を封じ、人形同然の身に落としてから、野へ放逐したのだ。

　今にも逃げ出しそうに竦《すく》む身体へ、瞬時に汗が湧き出した。しかしその一方で、荒魂は一歩も退く気配がない。取り囲む面々に顔を向け、隙のない様子で顎を引いた彼は、周囲に注意を払ったまま、抜身《ぬきみ》の刀を徐《おもむ》ろに鞘へおさめた。

「争うつもりはない」

　明瞭な口調で、まずは一言。

「俺はけっして、この国に害を成しに来たわけではない。ただ、萬景国守稜賀新玉殿にお目通り願いたく参上した次第。取り次ぎを頼みたい」

　堂々たる態度で告げる荒魂を前に、「否」と答えたのは河洛である。彼は己の腰に帯びた刀の柄に手をかけたまま、威圧的にこう話す。

「身の程をわきまえよ。新玉様はこの国の国守。下賤の者が、そうやすやすとお会いできる方ではない」

「貴殿の言いよう、もっともではある。だが古い付き合いだ。融通してくれ」

「ならぬ。そも、おまえは――いい加減に、己の立場を自覚したほうが良かろうな」

　唸るような武者の声。同時に響いた笛の音に、刻雨はぎくりと肩を震わせた。

　篳篥《ひちりき》のように、音色を奏でる類の笛ではない。警笛の如く甲高い音を響かせるのは、――武者達の後ろに控えた、声聞法師の吹く笛である。

嫌悪感を催す、耳をつんざく不快な音。だがそれを聞き、刻雨以上に異を催したのは、荒魂だ。

その身体がぐらりと揺れた。「あ、ぐ、……」と引き攣《つ》るような呻き声。背を丸め、胸を抱えるように身体を折った彼は、数歩ふらつき、だが踏みとどまろうと身を捩《よじ》る。

これが人であったなら、胸の病にでも冒されているものかと、誰もがそう思ったことであろう。だが人の身ならぬ荒魂に、病のあろうはずもない。それなのに彼は己の胸元を掻きむしり、声にもならぬ呻き声を上げながら、糸の切れた傀儡《くぐつ》の如く、その場へがくりと膝をつく。

「――荒魂！」

駆け寄ろうとした刻雨へ、周囲を取り囲んでいた武者が一斉に刀を抜いた。幾重もの刃に距離を詰められ、やむを得ず刻雨が足を止める一方、警笛の音は鳴り続けている。

「桑黄山で始末したはずが、まるで蘇ったかのごとく、再び姿を現したという例の影武者。なるほど、確かに人ではない」

身を捩って苦しむ荒魂の前に立ち、手を差し伸べるでもなく、ただ観察するかのように声聞法師のひとりが言う。

「陰笛《いんてき》の音で自由を奪えるのだから、本質は幽鬼と見て間違いないでしょう。あの日、桑黄山で命を落とした者はすべて成仏を許さず、幽鬼となるよう呪をかけておりましたからね。ただ、これほどまでに明瞭な意思を持ち、自我を保ち続けている個体を見るのは初めてです。――そこに控えておるのは、どうやら北域の霊山に連なる白牙法師。この幽鬼の身の内からは、特有の胎動を感じます」

そう告げた声に、覚えがあった。

――あれに牙卵《いのち》を与えたのは、おまえか。

礼黄の町の食事処。町中へ唐突に幽鬼猪が出現した、あの時。刻雨の背後に投げかけられた、冷たい、男の声。

「これに牙卵を、喰わせたか」

答えてやる義理はない。近接した四方を武者に取り囲まれ、首元に刃をあてがわれた刻雨は、せめて嫌味な笑みを浮かべて口をつぐんだ。

多勢に無勢。まともにやりあったところで勝ち目はない。なんとかして、今はこの場を切り抜けなくては――。

そっと視線を巡らせて、武者達の後方で笛を吹き続ける、声聞法師の位置を確認する。荒魂をここから連れ出すために、まずは陰笛と呼ばれたこの音を止めさせねばならぬ。ごくりと唾を飲み、身じろぎを悟られぬよう、刻雨が鹿杖を握りしめたその時。

「桑黄山の、幽鬼を喰った。共に萬景のために邁進《まいしん》した、同志達の成れの果てを」

地を這うような声に、思わず肩を震わせる。弾かれるように視線を向ければ、膝を突き、背を丸めて苦しげに喘《あえ》ぐ荒魂の姿がある。しかしこの青年はそれでも、――顔を上げ、周囲に立つ萬景の武者へ視線を巡らせている。

「その身は腐り、肌は削げ落ち、ただ生者への実らぬ怨嗟《えんさ》を喚き散らす化け物――、それが幽鬼だ。俺があの山で見た幽鬼も、ただ欲求のままに生者を襲う、化け物としか見えなかった。だがおまえ達もよく知っているだろう。そうして化け物となった者達は、皆その数刻前まで、いずれもただの人間だった。共に語り合い、高めあい、この国を思う人間だったんだ。だが不当に命を奪われ、その尊厳をも奪われた。

死した後は幽鬼となるよう、呪をかけたとそう言ったな。なるほど、幽鬼を戦場で使うとなれば、結局そういうことになるだろうよ。戦場で自然と幽鬼が発生するのを待つなど、あまりにも効率が悪い。ならば、……おまえ達は近い内に必ず、敵を屠《ほふ》るためでなく、幽鬼を産み出すために生ある者の命を奪う、本物の鬼と成り下がるだろう。負傷すれば足枷となり、離反の恐れもある生者より、ただ傀儡となりて戦いに赴く幽鬼のほうが、駒としては都合が良いのだから。

おまえ達が進もうとしているのは……、萬景王が選ぼうとしているのは、そういう道だ。本当にそれでいいのか？　本当にそれが、おまえ達の求める萬景の行く末か？　生ある人間なら、その頭で、今一度よく考えろ！」

振り絞るようなその声が、場に朗々と響き渡る。

――影武者に過ぎぬおまえごときを本物の国守に据えようなどと、世迷言を宣《のたま》う輩《やから》まで出る始末。

皮肉にも今、礼黄で聞いた言葉を思い出す。その企ては確かにあり、稜賀新玉を脅かしたのだろう。だがそれは、刻雨のよく知る影武者の野心から、起こったものではなかったはずだ。ただ彼の生き様を見た周囲の人間が、その姿に、ある像を当てはめた。

恐らくは、彼らが望む理想の像を。

刻雨に刀を向けていた武者のひとりが、顔を青くして刃先を垂らす。脱力した、と表現するほうが正しいかもしれない。見れば、男の視線は荒魂の方へ釘付けとなり、腕はいくらか震えていた。

その者ひとりの話ではない。これまで黙って事の成り行きを見ていた萬景の武者達は、皆一様に表情を曇らせている。

——俺はさあ。最期まで、俺が思い描いた萬景王でいたいんだ。

（萬景王、——）

荒魂の必死の訴えにも、帝領から派遣された声聞法師達は心動かした気配もない。だが萬景の武者達に動揺が走った、今なら。

刃の垂らされた隙を見て、刻雨は咄嗟に身をかがめると——、法師が吹き続ける陰笛へ向けて、狙い違わず竹簡を投げつけた。

「室《むろ》、苔《こけ》、人《ひと》、犬《いぬ》、負《お》ふ為《せ》よ、——冬々《とうとう》の呪、散！」

声を張り上げたのと同時に、音を立てて竹簡が爆《は》ぜる。法師が陰笛を取り落としたのを見て、刻雨は身をかがめた姿勢から、一足飛びに、落ちた笛を掴み取る。

場を取り巻いていた不快な音がぴたりと止んだ。これで荒魂も動けるであろう。しかし振り返った刻雨の目に映ったのは、――

地に膝を突き、その首から、真っ黒な霧血《むけつ》を噴き出す荒魂の姿であった。

「え、」

思わず漏れた息が、刻雨自身のものであったかすら判じ得ない。だがそうする間にも、首を失った青年の身体が徐々に傾いでゆく様は、瞳にはっきりと映っている。

「だから、身の程をわきまえろと言っているだろう」

呆れた様子で吐き捨てた声聞法師の手には、一振りの刀が握られていた。荒魂の血を吸って、てらてらと黒く輝く刀が。

荒魂の首を刎《は》ねた、その刀が。

「殺しておいて正解だったな。萬景とは、外敵から瑞鏡帝をお守りする肉壁であるべき国。その国に、賢《さか》しい王など必要ない。盲目的に帝の言葉に首肯する、愚鈍な王があればいいのだから」

男の足元に転がった塊が何であるのか、刻雨には、直視することができなかった。

ただ己を拘束せんとする、人々の腕を振り払う。首を失い、音を立てて地へ伏した身体へ駆け寄って、それを抱え起こす刻雨は、取り乱してはいたが、しかし、どこか冷静であった。

荒魂の身体は幽鬼、牙獣に近しいもの。これらは傷を負ったところで、その核を祓わなければ、いずれ元の形を取り戻す。

しかし、――

「ああ、あ、……ああ！」

錯乱した様子で喚いたのは、先程までこちらへ刃を向けていた武者であった。男の足元には、勢いに任せて転がっていった、荒魂の首がある。

「その目にしっかと焼きつけよ、」

身体から切り離され、墨のように真っ黒な霧血を垂れ流す生首が、掠れた声で絶え絶えに告げた。

「これが、おまえ達の、――行きつく先ぞ」

阿鼻叫喚が、その場へ満ちた。

為す術《すべ》もなくへたり込む者、我先にこの場を逃げ出さんとする者、生首に刃を向ける者。そのいずれも武者である。流石《さすが》に声聞法師の側は、そこまでの動揺は見せまいとするものの、しかし生ある人間とさえ見まごう首が語るのを前に、後ずさる者、目をそらす者の姿は見て取れた。

「首を拾っておけ。桑黄山の幽鬼をすべて取り込んだのなら、相応に力もあろう。自我さえ奪えば良い駒になる」

何の抑揚も感じさせぬ声でそう告げたのは、荒魂の首を刎ねた張本人である。眉間に深い皺を刻んだ、壮年の声聞法師。「させません」と刻雨が言えば、男はそれを見下して、「御晴野の白牙法師」と忌々しげに言い捨てた。

「目障りな、北域の霊山め」

男が手にしたその刀が、夕陽を受けて煌《きら》めいている。――斬られる。しかし刻雨がせめてもの応戦をしようとした、その瞬間。

背後からの強い衝撃を感じ、刻雨は呻き声を漏らした。後頭部を殴られた。視界が真っ白く反転してゆく。

「――閉じ込めておけ」

遠ざかってゆく意識の中、告げられたその言葉だけが、刻雨の脳裏に留まった。

＊＊＊

「今ならこの札、全部剥がしてやれる。そうしたらおまえ、自分の足で歩けるか？」

あの日、あの時。

差し伸べられた少年の手を、刻雨は――天千代は、掴むことができなかった。

名も知らぬ少年の手により、身体中に貼られていた札は剥がされていた。荒縄で固く結ばれていた手足の拘束は解かれ、檻の戸は開かれている。痩せこけた身体が震えていた。長きに渡って奪われていた思考力を取り戻し、ようやく己のおかれた状況を理解した天千代は、しかし、――自らの意思で、檻から出ることを拒んでいた。

「私は、……ここを出ません。出られません。私は、自由になってはいけないのです」

子供らしからぬ掠れた声を振り絞り、やっとのことでそう告げた。出てはならぬ。自由になってはならぬ。意思を取り戻したからこそ、天千代にはそのことが、よくよく理解できていた。

天千代の身に巣食《く》うという神鹿の深い祟りは、彼がただ人形のように座り込み、封ぜられているさなかにあってすら、周囲に不幸をもたらした。

（私は人々に、加護を、恩恵を、与えなければいけなかったのに。そのために、それを望まれて、生を受けたのに）

天千代の力はいつだって、まったく逆へと働いた。

封ぜられているからこそ、不幸をもたらす程度で済んでいるのだと、人々は言った。天千代自身も、そうであろうと理解があった。だからこそ、こう思う。――この少年の手を取れば、いっときの自由は得られるのであろう。だが代わりに、周囲に何をもたらすことかわからない。

「一緒に行けば、きっとあなたも不幸にする」

消え入りそうな声で、しかしようやくそう告げた。けれど天千代の前に仁王立ちし、不服そうに下唇を突き出した少年は、怯む様子もない。

「だったら、一生檻の中で過ごすっていうのか？　何も考えず、他人の都合で生きていく方が良いって？　じゃあこの札を貼り直してやったほうが、おまえにとっては幸せだってのか。俺は、そうは思わねえ。そんなの、生きてる内に入らない」

一方的なその言葉に、ごくりと唾を飲みこんだ。答えることが、できなかった。

意思を奪われ、一切の自由を許されなかった間のことを、天千代ははっきりと覚えていた。ただ息をしただけの三年間。周囲からの嘲りや憐《あわ》れみの目に晒され、見下され、皮肉られ、絶望の中で微睡《まどろ》んできた暮らしを思えば、小刻みに震えが走る。

「でも、だって、私は、何の期待にもこたえられない……役立たずだから」

「なんだよ、誰かにそう言われたのか？　そういうのはな、何度だって言い返せ。誰かの役に立たなけりゃ、生きてちゃいけねえのかって。俺達は、ただ生まれてきちまったから生きてんだ。どう生きようが自由なんだよ。ほら、さっさと出てこい。どう足掻《あが》いたって、おまえは、おまえ以外のものにはなれない。だったらせめて、――自分が自分であることを、怖がるな」

自分が、自分であることを。

力任せに腕を引かれ、戸惑いながら檻を出る。長く拘束されていた身体が、ぎしぎし鳴って上手く動かない。

恐る恐る、少しずつ身体の筋を伸ばしてみる。足裏に触れる地面の感覚にすら狼狽《うろた》える天千代をよそに、少年は有無をいわさず、天千代の頭に生えた二条の枝角を隠すように、すっぽりと、厚い布を被せてみせた。そうして布のほつれに己の指を突っ込んで、覗き穴を作ると、満足気に腕を組む。

「こうしておけば、誰もおまえだって気づかねえだろ」

答えがあった。

「ほんと、ほんと。そろそろ見世物小屋の主人が帰ってきちまうからな。今のうちに、さっさと逃げようぜ」

少年がそう言って、天千代の手をぐいと引く。「どこへ」と問えば、「どこへでも」と答えがあった。

どこへでも。その言葉が、天千代の心中を波立たせた。

ああ、そうだ。確かに天千代は、ここから抜け出したかったのだ。意思を奪われ、朦《もう》朧《ろう》とする意識の中で、それでも声なく叫んでいたのだ。

どうか助けてくれ、気づいてくれ、この苦しみを、渇きを、――餓えを、脱したいのだと。

「どこへ、行ってもいいの？」

「そうさ。どこにも帰る場所はないけど、その代わり、どこへだって自由に行ける」

「自由に行って、そこで、何をすればいい」

「好きなことをすればいいさ。誰にもなんにも決められちゃいないんだ。たとえば俺は、……そうだなあ。見世物小屋での給料はもらいそびれちまったけど、次に金が入ったら、団子をたらふく食いてえな。もっちもちに柔らけえやつ」

「だんご、たらふく……」

それがなにかもわからぬまま、聞いたとおりに繰り返す。

薄暗い小屋から出ようとして、先をゆく少年が振り返る。逆光に目が眩《くら》み、彼の顔を見ることはできなかった。だが楽しげなその声は、天千代にこう問いかける。

「おまえは、何をしたい？」

何を。

意思を問われたのは初めてであった。そんな事を聞く人間は、これまでひとりも、天千代の側にはいなかった。

何を答えればいいかわからない。緊張で喉が震えていた。胸がどくどくと高鳴った。答えたい。なんでもいい。天千代だって意思を問われて、それに答えられるのだと、そう証明したかった。

「加護を、」

咄嗟に口をついたのは、散々請われてきた言葉であった。

「あなたに加護を、授けたい」

今はそれしか、知らないから。

少年が首を傾げ、「加護ってなに？」と聞き返す。天千代はその口元に、不格好な笑みを貼り付けて、掠れた声でこう言った。

「あなたが困った時、あなたのこと、——たすけるっていう、やくそくのこと」

＊＊＊

ひやりとした風に頬を撫ぜられ、肩を震わせ目を開く。

視界は暗い。秋虫の声が響くのを聞く限り、どうやら夜半であるらしい。ここは一体どこであろうと視線を巡らせて、刻雨は、軋む身体をやっとの事で起き上がらせた。

後頭部に残る鈍痛に、言いようのない吐き気が湧いた。身をかがめ、喉を焼くような胃液を吐く。頭を殴られたせいだろうか。不快感に目が回ったが、臓物《はらわた》ごとすべて吐き出してしまうのではと案じたくなるほど存分に吐けば、いくらか頭も冴えてきた。

どうやら牢の中である。冷たい土肌の上へ直《じか》に建てられた屋舎には、堅牢な格子が組まれており、刻雨と、外界とを隔てている。

恐る恐る、己の首に手を添えてみた。指で触れてみる限り、この首と胴体は、切り離されてはいないようだ。そんな事を考えてから、ふと、気を失う直前に目にした光景を思い出し、また込み上げてくる吐き気に従った。

黒い血飛沫《ちしぶき》に、傾いでゆく身体。そして。

――首を拾っておけ。桑黄山の幽鬼をすべて取り込んだのなら、相応に力もあろう。自我さえ奪えば良い駒になる。

感情を感じさせぬ、淡白な法師の声。

（荒魂のことを、良い駒と言った。すぐにも祓われるようなことはなかろうが、何をされるかはわからない、――）

——俺もいつか、無差別に周囲を襲う化け物となるのか？

声を震わせて、問うた荒魂の言葉が脳裏をよぎる。

——いや、そもそも、最早奴らの術の内にあって、……戦場で無限に使役されるために、こうして現世に、留まっているんじゃないのか。

地に手をつき、吐けるものすべてを吐き出した。そうして呼吸も整わぬまま、刻雨はふらりと、檻の外へと視線を向ける。

（どうにかして、ここを、抜け出さなくては）

——明日、新玉は形賀神社を詣で、萬景城へ戻って声聞法師と誓約を結ぶ。誓約を結ばれたら、もう後戻りはできねえ。

荒魂と合流し、稜賀新玉と声聞法師の誓約を阻止せねばならぬ。一昼夜以上気を失っていたのでなければ、まだ、間に合うはずだ。

ひとつ好運と思えたのは、薄暗がりの夜闇の中、天守と思《おぼ》しき大きな建物が、間近に見えたことである。とすれば、ここは萬景城の堀の内であろう。なんとかして牢さえ抜け出すことができれば、荒魂の居場所とも、そう離れていないのではないか——。そんな期待を抱いて格子に手を伸ばしかけ、しかし刻雨は唾を飲み込んで、一度その手をだらりと垂らした。

——お外は駄目よ。お外は駄目。この部屋を一歩でも出ようものなら、そこは、恐ろしいもので満ちているのだから。

（ここを、出なくちゃ、……）

動かなくては。外へ出なくては。わかっているのに、気持ちばかりは焦るのに、冷や汗が背に湧いて出て、身体がちっとも動かない。

（牢の、……外へ）

幼い頃のこと。

飛鳥井の御殿の内に、ひっそりと設けられた座敷牢があった。飛鳥井の女の胎《はら》から生まれ落ちた、無知で愚かな鹿の子を閉じ込めておくための牢である。外界から隔てられ、まだ世を知らぬこの鹿の子は――幼い頃の刻雨は、強いられるままただ従順に、牢の内で日々を過ごした。外に出てはならぬ。外の世界は、おまえにとって毒にしかならぬのだからと言い聞かされて。

あの座敷牢はいつだって清潔に整えられていた。今いる場とは似ても似つかない。それなのに、絶望感すら覚える堅牢な格子を見るにつけ、古傷を抉られるような思いに苛《さいな》まれて仕方ないのだ。

（あの酷い暴風雨の夜は、誰かが鎖を解いてくれた。飛鳥井がお家お取り潰しになった時は、吉野西鶴の一派の者に、引きずり出されて外へ出た。それから、――礼黄の町で見世物小屋に捕らわれていた時は、……荒魂が）

――俺はこう見えて、なんとかっていう、鹿の神の加護を授かってるんだよ。

ほんの少しだけ得意げに言った荒魂の言葉を思い出し、ぎくりと肩を震わせる。

――羨ましかろうが、いくら頼まれても、こればっかりは譲れねえぜ。こいつは他でもない、俺のためだけに与えられた加護なんだからな。

加護。

あの時の名も知らぬ少年と、再びまみえることができるだなんて、思ってもみなかった。死んでしまったと思っていた。天千代が死なせてしまったのだと、長く後悔しながら生きてきた。天千代は、何の役にもたたぬ祟りの子は、自らを助けようとしてくれた恩人のことすら、祟り殺してしまったのだろうと。けれど。

(俺はあの子に、加護を、与えたのだから)

名も知らぬ少年が、不可思議そうに首を傾げ、「加護ってなに?」と聞き返した時のことを思い出す。咄嗟のことであったから、なんと答えるのが正しいか、天千代は一瞬躊躇《ちゅうちょ》した。だが己の身の程と、願望を多分に盛り込んで――、知りうる限りの言葉を尽くして、確か、こんなふうに答えたのだ。

「あなたが困った時は、私が助ける。――そういう約束だ」

覚悟を決めて恐る恐る、牢の格子に手を触れる。何も起こらぬ。当然だ。ほっとひとつ息をつき、今度はそれを両手で掴み、緩まぬものかと揺らしてみた。しかし太い木枠をめぐらされた格子は、刻雨が力をかけた程度では、ちらとも動きやしない。唯一緩みがあるのは戸の部分だが、頑丈そうな錠がおりている。

格子に顔を押しあてて、周囲へ視線を巡らせてみた。やけに静かだと思ったら、どこにも牢番の姿がない。刻雨が閉じ込められている以外にも幾つか房がある様子だが、そこにも、人の気配はなさそうだ。

萬景では重罪人の裁きを国守が行うと聞いているから、堀の内に牢があるのはおかしいことではなく思えたが、見張りのひとりもいないということがあるだろうか。もしや普段は使われていない牢であるとか、あるいは囚人を閉じ込めたきり、それが餓えて死ぬまでただ捨て置く、終身牢の類であるのか——。

考えたところで答えは出ぬ。なんでもいい、なにか役に立ちそうなものがないかと探ってみるのだが、担いでいたはずの袈裟袋も、袖の内に忍ばせていた竹簡の類も、どうやらすべて奪われている。暗い牢内を振り返ってみても、あるのはむした苔と、まばらに生える雑草ばかりなのである。

意味のないこととわかっていながら、苛立ち紛れに戸を揺さぶった。渾身の力で体当たりしてみるものの、錠を破れそうにない。こうなったら、地面を掘って出るのはどうだろうか。だが時間がかかりすぎる。あれやこれやと考えて、しかし有用な策がひとつも浮かばないことに奥歯を噛みしめた、その瞬間。

刻雨は己の視界の端に、何かちらつくものを見た。

ぼんやりと移ろうそれは、どうやら火の灯りである。手提げ提灯の類であろうか。灯りが近づくのを、目を眇《すが》めて見守っていた刻雨は、提灯を提げた見覚えのある面々を確かめ、眉を顰めた。

　ひとつきりの提灯が放つ薄明かりの中、刻雨の元を訪れたのは、――先程刻雨達を取り囲んで刃を向けた、萬景の武者達であったのだ。

「……白牙法師、殿」

　重苦しい口調で呼びかけたのは、礼黄でも会った牛込という男であった。大柄な身体を縮こまらせた彼はすっかり肩を落とし、刻雨の牢の前へ立ち止まってからも、しばらくの間、言葉の続かぬまま項垂《うなだ》れるばかりであった。後に続く他の武者達も、皆一様に戸惑う様子で、すぐには用件を切り出さない。

「雁首揃えて、私に一体何の用です」

　今度こそ刻雨にとどめを刺しにでも来たのか、あるいは、どこかへ移送するようにと指示を受けたのか。いずれにしてもこの戸を開けてくれるのならば、なんとかして隙を突き、彼らの手を逃れて荒魂を捜しに行けないだろうか。この人数を相手取り、刻雨にそんな事ができるだろうか。

（だが、やるしかない）

　それにしても気にかかるのは、彼らの持つ灯りが、どうにも少ないことである。まるで、人目を忍んできたかのようにも見える。意図を汲みきれず訝しむ刻雨に、牛込が重い口を開いた。

「白牙法師は、遠く北方の御晴野に属する宗派だと、……陰陽寮とは流れを異にする方々だと聞く。その、それを見込んで――、どうか我々に、御晴野の知見を、お貸しいただきたい」

意表を突かれた刻雨が、「えっ?」と思わず聞き返す。すると彼らは心底思い悩む様子で、こんな言葉を続けたのだ。

「萬景は古くより、吉野西鶴の御一門に連なる帝を守り、その加護に護られてきた国。慣例上、帝領から言われたことに、異を唱えるべきではないと重々承知はしているのだ。真《まこと》の国守たる新玉様が、良しとするなら尚のこと。しかし、――」

「此度の件は、あまりにも」弱々しく言うその声に、思わず小さく息を呑む。

彼らの言わんとすることに、それでようやく思い至った。

(ああ、そうか)

――おまえ達は近い内に必ず、敵を屠るためでなく、幽鬼を産み出すために生ある者の命を奪う、本物の鬼と成り下がるだろう。

――本当にそれでいいのか? 本当にそれが、おまえ達の求める萬景の行く末か? 生ある人間なら、その頭で、今一度よく考えろ!

陰笛の音に苛まれながら、それでもしかし懸命に訴えた、荒魂の言葉を思い出す。必死のその訴えに、彼らも弥々《いよいよ》、己等の進もうとしている道の闇深さに気づいたと、そういうことなのだろうか。

――いいかハルサメ、よく覚えておけ。情報操作は武略の内だ。俺達が何をどうあがこうと、ひとりでできることなど高が知れてる。大局を動かさんと思うなら、まず人だ。

人を動かせ。

人を。

この場を訪れた武者の数は少ない。さだめし、彼らの中でも意見が割れたのであろう。

だが彼らは既に、荒魂の言葉によって動か
されている。

(荒魂がこの光景を、見たなら、……)

己の言葉が届いたことを、彼は素直に喜ぶのだろうか。わかってくれてありがとう、ともに国の形を正そうと、そう言って、場に集った武者達に笑いかけるのだろうか。

荒魂のことを、国守の座を簒奪《さんだつ》せんとする反逆者と称し、国賊とまで罵った彼らを前にして。稜賀新玉の命令通りに、あの桑黄山で、罪なき同胞の命まで奪われながら。

わからない。だが少なくとも刻雨は、そこまで寛容にはなれぬ。

「私が、……御晴野は、人間が意のままに幽鬼を操るなどという、悪逆非道な行為を許すはずがない、と申し上げたなら、あなたがたはそれで納得できるのですか？」

数人の武者が、目に角を立てて刻雨のことを睨みつける。問いかけはしたものの、返答を待つつもりなど、刻雨には毛頭ない。

「今更こうして動くのは、保身のためですか？　これ以上、自分達の手を汚したくないから？　あるいは――、次に命を奪われ幽鬼と化すのは、己自身かもしれないということに、ようやく気づいたからですか？　あなた方が裏切り、無残に殺した影武者に事実を指摘されて、ようやく！」

衝動に任せてそう発すれば、「おまえに何がわかる！」と怒鳴りつける声がある。誰かが拳を格子に打ち付けたが、恐ろしくもなんとも無い。気づけば刻雨は、牢の格子に爪を立て、奥歯を噛みしめ項垂れていた。

「何故、彼の命を奪うより前に、気づいてくださらなかったのです。あの者に叛意など微塵もなかった。あれほど献身的に、真にこの国の行く末を案じている人間を失ったことは、萬景にとって大きな損失だったでしょうに、──」

感情の昂ぶりに声が震えた。これではいけない。冷静にならなくては。そう思うのにどうしても、切り替えることができなかった。

「言っておきますが、あなた方がどんなに悔やんでも、彼は最早、影武者に戻ることなどありませんよ。あの身は既に人ではなく、稜賀新玉の影武者を演じる顔すら、命とともに失くしたのですから」

苛立ち紛れにそう言えば、「顔を？」と訝しむ声。

「……まさか、見ていないのですか」

刻雨が問えば、礼黄の町で荒魂の面の下を見たはずの牛込だけが俯いて、「見間違いではなかったか」と呟いた。

「影武者の身体は──とうに死んだはずのあれがなんなのか、俺には皆目見当がつかないが──、首も胴も声聞法師に差し押さえられ、我々は一切触れていない。だが、……礼黄で垣間見えたのは、現実の光景だったのか？　あの奇妙な面の下には、本当に、目も鼻も既にないのか」

問われ、刻雨はひとつ頷くと、ようやく大きく息を吐いた。

彼らの軽率な行動を責め立てたいのは山々だが、こうしている間にも、刻一刻と時は過ぎてゆく。これ以上無意味な問答を続けるのは愚かであろうと、自らに言い聞かせるため目を閉じる。

御晴野の知見を得たいと彼らは言った。要領を得ない言葉ではある。だが恐らくは彼ら自身も、この事態にどう向き合うべきか見いだせぬまま、なんらかの取っ掛かりが得られることを期待して、刻雨を訪ねてきたのだろう。

荒魂の言葉に突き動かされて、彼らはここに訪れた。

ならば今度は刻雨の言葉で、この錠を、解いてもらわねばならぬ。

「……。私が桑黄山であの者と遭遇した時、彼は既に命を失い、顔を失い、人ならざる幽鬼と化していました」

声を落としてそう言えば、武者達の視線は自然と刻雨に集まった。探るような目に、縋るような目。格子を隔てて対峙する、そのどれもが煩わしく、緊張に萎縮しかけたが、今は怖気づいている場合ではない。

「幽鬼とは得てして、生前とはかけ離れた姿を成すもの。しかし彼はあのように、生前に近しい姿を保ちながら、顔だけは、目も鼻もないのっぺらぼうと化していた。……これは、彼の亡骸《なきがら》を弔ってくださった方から聞いた話ですが……、彼は自ら手にした脇差で、己の顔を裂いて息絶えていたそうです。幽鬼と化した今も顔がないのには、そのことが影響しているでしょう。

刺客の正体が敵国の者であった場合、周辺諸国に稜賀新玉が討ち取られたと誤認されては、この萬景の国を揺るがしかねないから、だから彼は元の形がわからぬほど、徹底的に己の顔を裂き、先代の国守から与えられたという脇差を、胸に抱いて死んだのです。きっと本心では、刺客は敵の放ったものでなく、味方のはずのあなた方が放ったものやもしれないと、そう勘付いていただろうに……。

此度の件はと、あなた方は先程、そう仰いましたね。此度の件とはどのことです？　幽鬼を戦場で使役するなどという残忍な行為だけ、見過ごせないなどと思ってはいませんよね？　今回ばかりは陰陽寮でなく、御晴野の意見に合わせて動けばよいのだと、そんなふうに思ってはいませんか。

もしそうなら、この国の先はいかにも暗い。あなた方はこれからも、生きて、この国に関わっていかねばならぬのです。先刻声聞法師が言っていたのを、まさか聞き逃してはいないでしょう？　萬景には、帝領にとって扱いやすい王があればいいと、彼らはそう言ったのですよ。

実際、これから萬景の中心には、帝領の法師にさえ愚鈍と言われる王がひとりで立つのです。王でありながらこの国の先を考えることもせず、ただ己の保身のために国を戦場に変えかねない誓約を結ぼうとする、そういう王が立つのです。あなた方もこれからは、ただ帝領の言うことだから、萬景王の言うことだから、慣例だからと、唯々諾々と従うのはやめなさい。己の頭で考え、主の過ちは意志を持って正す。そうでなければ、そうして生きるのでなければ、――それは、真に生きているとは言えない」

――何も考えず、他人の都合で生きていく方が良いって？　そんなの、生きてる内に入らない。

幼い頃、刻雨の胸の内に深く潜り込んだその言葉は、いつしか芽吹き、今でも確かに、刻雨を突き動かしている。

狭い檻の中で蹲《うずくま》り、怯えることしかできないでいた頃とは、もう違う。

（俺は、己の意志で、己の行動で、）

今度こそ、あの時の少年を助けるのだ。

「私は所詮、流れ者にすぎません。この国がどうなろうと、知ったことではない。けれど……、死して尚、この国の行く末を案じる友が、悲しむ姿は見たくないのです」

友。はたしてこの表現が、刻雨と荒魂の関係性を少しでも掠めているのかどうか、刻雨には正直なところ、まだ少し自信がない。しかし。

「ここを開けてください。そしてどうか――我々に、力を貸してください」

先程まで固く閉ざされていた牢の戸は、今、音を立てて開け放たれていた。

奪われていた荷物と鹿杖を取り戻し、闇に紛れてひた走る。袖の内に仕込んだ竹簡と数珠の感触を確かめながら、刻雨は先をゆく萬景の武者達に追行した。向かう先は、萬景王の居室があるという奥御殿である。

刻雨ははじめ、声聞法師に身柄を拘束されているという荒魂を救うべく、まずは彼を捜したいと願い出た。荒魂を解放し、彼の望んだとおり、萬景王と語らわせるべきだと考えたからだ。しかし、――奥御殿へ向かう道すがら、遠目に見えるひらけた内庭へ視線を向けて、刻雨は奥歯を噛みしめた。

玉砂利の敷き詰められたその庭は、常であれば武芸者達の剣術稽古や、重罪人の裁きの場になるらしい。だが今、玉砂利の上には朱で描かれた陰陽の陣が敷かれ、それをもって声聞法師らが、ひとつの影を封じているのが見て取れる。

陰陽の陣の中心に、罪人の如く縄を打たれて座する影は、まぎれもなく、荒魂の姿であった。

刎ねられた首は元の通りに修復されているものの、俯き加減に跪《ひざまず》かされた彼の身体は、そこだけ時が止まってしまったかのごとく、ぴくりとも動かない。生者とは違い呼吸による振動すら無いのだから、当然のこととも思われたが、それより刻雨の目を引いたのは、彼の身体に貼りつけられた、幾枚もの札である。

(他の幽鬼と同じように、あの不思議な矢に収められていたら、捜すのに苦労すると思ったが、……声聞法師の輩、いよいよもって趣味が悪い)

それが何の札であるのか、刻雨は身をもってよく知っている。意思を封じ、思考を封じ、心を奪う札。それが今、荒魂の身を苛んでいることを思えば、身の毛のよだつ思いがした。今すぐにでも駆け寄って、ことごとく引き剥がしてやりたい思いに駆られたが、今はその時ではないと、自らにそう言い聞かせる。

(牙卯の影響で、他の幽鬼と同じように封じることができなかったのか、あるいは他に、事情があるのか、……。仔細はわからぬが、あれほど見通しの良いところにおかれたのでは、かえって手の出しようがない。ならば)

今はまず、稜賀新玉のもとへ。

なんとしてでもこれを説得し、帝領との誓約は結ばせぬ。そうしてのちに、荒魂を解放するよう交渉するしかない。口に自信はない。真正面からぶつかるならまだしも、荒魂のようにくるくると頭が回るわけでもないのに、交渉事などできるだろうか。

――鳥居の先へは従者をつけず、あいつひとりで進むはず。悪いが、おまえにも外で待っていてほしい。俺ひとりで、最後にちゃんと、あいつと話がしたいんだ。

(荒魂は一体、何を話そうとしたのだろう)

まだ月の欠けた礼黄での夜。よく似た背丈でありながら、泰然自若とした態度で立つ烏面の青年と、それに対峙し竦み上がった青年が並び立った姿を、本来ならばありえぬ再会を果たした彼らの姿を、思い出す。

それこそ奇妙な縁ながら、生まれも性格も異なるふたりの青年は、しかしこの萬景で互いに新玉を名乗りあった。

ひとりは、保身に走る正統の王として。

ひとりは、理想をなぞる影の王として。

——俺達ふたりで補い合えば、きっと、歴代の誰より萬景を富ませる、良い王になれると思った。

(稜賀新玉は、……そんなふうには、思えなかったのだろうな)

深く溜息を吐き、己を先導する武者達へ、ちらと視線を向ける。

牛込、大垣《おおがき》、汐越《しおごえ》、敦賀《つるが》。彼らが名乗ったそれは、いつだったか、荒魂の口からも聞いたことのある名であった。影武者の存在は、公にされていないとはいえ、昔から、萬景の城内では暗黙の了解として広く知られていたらしい。その中でも、彼ら側役《そばやく》は直接的に稜賀新玉と影武者の入れ替わりを取り持ち、補佐する務めを負っていたのだそうだ。

側役として取り立てられた者は全部でおよそ廿《にじゅう》余名。そのうちの十数名は、先月十日より影武者とともに、領土視察の旅に出ていた。一方、萬景に残るよう指示されていた者達に、稜賀新玉からこんな密命が下ったのだという。

視察中の影武者と、それに随従した者達に謀反の動きあり。急ぎ斉岶《せいはく》の町へと赴き、帰途にある影武者を迎えるていで合流せよ。その上で——、声聞法師から得た幽鬼を用い、桑黄山にて影武者と、それに肩入れする者達を誅殺せよ、と。

「今更こんな事を言ったとて、言い訳にもなるまいが、……。法師殿。影と同胞を誅殺したことは、帝領の思惑や新玉様の命令とは別に、我らの採択の結果でもあった。そしてそのことと、影当人に叛意があったかどうかは、実のところ、関係ないのだ」

道すがら聞かされたその言葉に、刻雨ははじめ、己の耳を疑った。

叛意の有無は関係ない。どういうことかと、意味を解せずに問い返せば、武者達は言葉を選びながら、ぽつりぽつりとこう返した。

「萬景城にあって、影武者の持つ才に気づかぬ者はいなかった。刀を振るわせても、筆を執らせても、あの者は、大概のことを人並み以上にやってのけた。だがそれこそが問題だった」

「あれが才に秀でているだけの単なる家臣であったなら、どれほど頼もしかったことかわからない。だが……。法師殿は旅の方ゆえご存知ではなかろうが、萬景では、才に秀でた俊傑といえば、誰もがまず脳裏に思い浮かべる御方がいる。先代の国守にして、新玉様の父君《ふくん》でいらっしゃる、射鶴《いづる》様だ。あの影武者にはあまりにも、先代様の面影がありすぎたのだ。類まれな才と、新玉様の影武者を務めるに足る、その風貌ゆえに」

稜賀新玉と、その影武者の風貌が似ていたという話は、荒魂本人からも聞いている。親子というものは顔が似るらしいから、先代とやらの面影も、見て取ろうと思えばできたのやもしれぬ。だが、それがなんだというのだろう。意図を汲みきれず眉を顰めた刻雨に、武者達は更にこう続けた。

「影武者の出自は不明瞭。それでいつの間にか、こんな噂が立ち始めた。あの者は実のところ、先代様の落とし胤《だね》ではなかろうかと。先代様が他所《よそ》の女人との間に儲《もう》けた、新玉様の腹違いの兄弟なのではなかろうかと。……生前、射鶴様が視察に影武者ばかり伴ったことも、その噂に拍車をかけた。単なる噂ではあったが、事実であれば、萬景にとって一大事。なにせ影武者に過ぎなかった男が、萬景王の座を継ぐに足る、正統な血筋の人間であったのだと、そういう話になるからだ。

影自身は鼻で笑って噂を否定したが、新玉様が内に籠もりがちなのを良いことに、それを望む者の声は、日増しに大きくなるばかり。桑黄山にて誅殺された同胞達も、表向きは新玉様に忠義を誓いながら、影武者へ過分に肩入れしているのは明白だった。

影武者の存在が、いずれ萬景を二分させてしまう。そういう懸念は予《かね》てよりあった。それで新玉様から影武者誅殺の命が下された際――、影が領土視察と銘打ち新玉様の暗殺を企てている証拠が得られたと、その勢力が拡大する前に、なんとしてでも息の根を止めろと聞かされた際、我々は真っ先にこう考えたのだ。来るべき時が来てしまったのかと。それであれば我々は、――真の主君をこそ、お支えするべきであろうと」

――俺はあいつのこと、いつの間にか、他人だとは思えなくなってた。血を分けた兄弟でも、見つけたような気になっててさ。

――こんなこと、生きてる間は口が裂けても言えなかったけど。渡りぞこないの悪霊が、旅の法師に零す程度なら、許されるよな？

薄暗い山間で、ぽつりぽつりと零された荒魂の言葉を、どうしても今、思い出す。

「しかし、……あの者は、」

何を言おうとしているのか、自分でもわからぬまま口を開いていた。それを押し止《とど》めるように、萬景の武者が続ける。

「先程、法師殿はこう仰った。影は死に際、自ら己の顔を裂き、それに用いた脇差を胸に抱えて、息絶えていたのだと。周辺諸国への影響を考慮して、そうしたのであろうと。だが、……影の持っていた脇差は、あの者が先代様から直々に下賜された、唯一の物。その刃で己の顔を裂いたのは、自らの潔白を、……他でもない我々に、そして新玉様に、申し開きするための最期の手段であったのやもしれぬと、そう思っている……。

　とはいえ、我々はあくまでも、新玉様の家臣として忠誠を誓った身。あの者に頭を下げることはできぬ。だからせめて、――あの者の最期の訴えに応じることで、これに報いるくらいのことは、してやりたい」

――おまえは確か、こう言ったよな。俺が桑黄山で死を覚悟した時、自分自身の顔を裂いたのは、周辺諸国へ稜賀新玉が死んだと報じられては困るからなのだろうと。確かに、それも理由のひとつだった。

――俺はもう、この国にとって必要のない存在だと言われるなら、俺自身はそれでもいい。元々この身は影に過ぎない。本物の稜賀新玉が、真実、萬景王として立つというなら、それでいいんだ。

（荒魂が、己の顔を――、裂いたのは）

――この脇差は、城へ上がりたての頃に、先代――新玉の父親から下賜されたものなんだ。国守となる重責を負う新玉を、陰から支え、守り、いざという時には忠義を示して、代わりに死ねと教えられた。

(どんな、思いで、……)

肉親の情というものを、刻雨は知らない。忠義心など殊更わからぬ。

だからだろうか。

胸中に滾々と湧きいでる感情が、一体何であるのか、刻雨には理解できなかった。

あの日の桑黄山の昏《くら》さは、刻雨もこの身に味わった。月の明かりすらささぬ、死後の世界にでも迷い込んだかの如く、生者の気配の絶えた桑黄山酉峠道《ゆうかどう》。荒魂にとってはどうであったろう。荒魂にとって、あの昏さは。

──安心しろ。二度目の死には、臆さない。

(ならば一度目の死、……桑黄山で死を覚悟した時は、荒魂だって、心細かったのではないのか。さぞかし、──無念だったのではないのか)

萬景の武者達に案内されるまま、奥御殿の殿中へ上がる。道中、見張りの類に咎《とが》められずに済んだのは、彼らが、国守の側役にのみ知られる道を案内してくれたおかげであった。人目を忍ぶ必要がある際に、用いる道なのだという。さだめし国守の影武者も、かつて同じ道を抜け、主君のもとへと通っていたのであろう。

(何を言えば、新玉殿に言葉が届く)

考え続けてここまで来たのに、それでも思考がまとまらぬ。

（どう言えば、わかってもらえるだろう）

奥御殿の回り縁を踏み、柱の陰から、教えられた書室へ視線を向ける。襖《ふすま》から灯りが漏れているから、書室の主人もまだ眠ってはいないのだろう。ごくりと唾を飲み、刻雨は勢い込んで、襖の引き手に手をかけた。

「御免！」

かける声が裏返る。内からの返答を待たず、敷居に襖を走らせ、覚悟を決めて室内へと視線を向け――、刻雨は、思いがけぬ光景に瞠目した。

畳敷きの広い書室。宵時の室内は開け放たれた窓から射す月明かりと、行灯《あんどん》の火にぼんやりと照らし出されるばかりだが――、そこに、ふたりの人物があった。

まず上座にぽつりと座すのは、沈鬱な面持ちで俯く青年、稜賀新玉その人であった。それに対峙する形で座し、鷹揚な仕草で盃を傾けた人物は、日中見たのと同じ、ひと目で声聞法師とわかる出で立ちの男である。

「ほら、どうです？　国守殿。私の申し上げたとおりでしょう」

その声音に、覚えがあった。

――殺しておいて正解だったたな。萬景とは、外敵から瑞鏡帝をお守りする肉壁であるべき国。その国に、賢しい王など必要ない。

冷たく言い放たれた言葉とともに思い出されるのは、血を吸って、黒くてらてらと光を湛えた刀の切っ先。感情を感じさせぬその刃で、荒魂の首を刎ねた壮年の声聞法師が今まさに――、刻雨の眼前に座している。

「何故、あなたがここに」

背に脂汗が滲み出す。右の手で鹿杖を握りしめ、咄嗟に後ずさりながら、左手の指は袖裏の竹筒へと添わせていた。御晴野から授かった呪を、人間相手に用いることは許されていない。稜賀新玉の御前でもある。刻雨が下手なことをすれば、ここまで同行してくれた武者達も、黙ってはいないだろう。それでも、声聞法師を前にして、茫《ぼう》と突っ立っているわけにはいかなかった。

身構える刻雨の一方、声聞法師は悠々と酒の入った盃に口をつけ、こんな事を言う。

「そろそろ来る頃だろうと思っていた」

どういう意味だ。問う前に、唐突に強く背を押され、刻雨はつんのめるようにして、新玉の居室へ膝を突いた。どうやら武者の一人に押し込まれたらしい。はっとなって振り返れば、その理由はすぐに知れた。周囲の部屋にでも控えていたのだろうか、薄暗い回り縁に、それに面した月明かりの庭に、いつの間にやら声聞法師らが、手に手に武器を携えて、萬景の武者達を取り囲むように姿を現している。

「闖入者どもをひっ捕らえてよろしいか？」

涼やかな声聞法師の言葉に、俯いたままの稜賀新玉が、気怠げに、こくりと小さく頷いてみせる。

「新玉様、お待ち下さい、……どうか！」

武者達はいずれも腰に刀を帯びているものの、ここは主君の殿中であるし、目の前で新玉が許しを与えたとあっては、法師らに歯向かうわけにいかぬのであろう。抜刀することもなく捕縛された彼らは、書室前の庭へと引っ立てられることとなった。それを見た壮年の声聞法師は、顔に薄い笑みを浮かべ、室内に取り残された刻雨のすぐ脇に立つ。

「牢に閉じ込めてあったはずの白牙法師が、独力でここまで辿り着けようはずはないとわかっていたが。なんと、側役の皆様方が手引してやったとは。国守殿、こちらへ来てよくご覧になるがいい。あなたが厳選に厳選を重ね、玉の緒を絶たずにおいてやった者達まで、あなたを裏切り影武者の側につく算段と見える」

その言葉に、総毛立つ。

「ち、違います、我々は、……！」

一体何を言い出すのかと、戸惑い、慌てる刻雨の一方、それ以上に血の気を失ったのは、当然、萬景の武者達である。その場へ即座に膝を突き、縄で拘束されたまま頭を垂れる彼らは、一瞥もくれようとしない主君に対し、口々にこう言い募る。

「新玉様、我々は誓って、影に与《くみ》したわけではございません」

「ただ此度の帝領との誓約、どうかお考え直しいただきたく、参上仕《つかまつ》った次第。あくまでも、萬景の行く末を案じる一心で」

稜賀新玉は座したまま俯き、手をつけた様子もない盃を眺めるばかりで、己が臣下に言葉を返す様子もない。それを見た刻雨は、咄嗟に新玉の前へ跪き、「どうか話を、」と食らいつくように告げた。

「この者達の言うことに、何ひとつ偽りはございません。彼らはただあなたへの忠義から、行動に至っただけなのです。……幽鬼武者を戦に用いる旨、萬景のために、今一度お考え直しいただきたい。そのようなものを用いて他国に戦を仕掛けたところで、国は発展するどころか、荒廃へと向かうことでしょう。萬景王、どうか」

萬景王の、答えはない。

荒魂は自らの主君であったこの青年を、己で判断することを避け、周囲の意見に頷くばかりの臆病者だとそう称した。この期に及んでだんまりを決め込むのも、そういった性格故であろうか。だがもはや――、そんな言い訳は通用せぬ。

自らの命令で影武者の命を奪ったこの男は、これから先は自らが、萬景王として立つより他にないのだから。

「……。これまで、帝領周辺の霊場は陰陽寮の管轄でしたゆえ、他《た》の宗派の者は表立って口を出すことができませんでした。しかし、――礼黄の町であなたにお会いした後、凱玲京を訪れる前に、御晴野に向けて既に報せを出しました。声聞法師が幽鬼を扱う術を得たこと。萬景王が、あなたが、それを用いたこと――。すべて、御晴野を統べる剱日女様はご存知です。

亡者の魂を意図的に現世へ留め、利用するなどという外道、いくら西域での出来事とはいえ、御晴野も、知れば口を出さざるを得ない。他の宗派の者にも、いずれ知れ渡りましょう。事実が白日の下に晒されれば、件《くだん》の術が出回る前に萬景の力を削いでおこうと、周辺諸国に力を貸そうとする宗派も現れるやもしれません。このままでは、萬景が孤立してしまう。……そうなる前に、立ち止まることができるのは、今より他にありません」

稜賀新玉の口元が、きゅっと引き結ばれて見えた。刻雨の拙い言葉でも、少しは彼に届いただろうか。考え直してくれるだろうか。だがようやく開いたその口から発せられた言葉に、刻雨の期待は打ち砕かれた。

「白牙法師はこう申しておるが、勿論、策はあるのだろうな」

新玉の言葉は、すぐ眼前に跪く刻雨に向けられたものでもなければ、庭先で頭を垂れる彼の家臣に向けられたものですらなかった。「無論でございます」と満足気に微笑んで答えたのは、壮年の声聞法師である。

「他の宗派を黙らせるなど、容易なこと。しかし、その前にひとつ」

「影武者か」

「この者達をご覧になって、よくおわかりになったでしょう。幽鬼とはいえ、弁の立つ影武者が黄泉還《よみがえ》ったとなっては、また正統の萬景王たる貴殿を廃し、影武者に入れ込む輩が蔓延《はびこ》りましょう。――あの幽鬼を消し去らぬ限り、貴殿の座はまた必ずや脅かされる。国守殿、今度こそ、御自らの手で幕をお引きください」

今まで無気力にただ座り込んでいた新玉が、ゆらりとその場へ立ち上がる。「新玉殿」と刻雨が呼んだところで、相手は気に留める様子もない。

「手はずは」

「すべて整ってございます」

一体、何をさせる気だ。内心を戸惑いと困惑に揺らしながら、それでも追いすがろうとするのだが、庭から上がってきた声聞法師らに、すぐさま取り押さえられてしまう。

掴まれた肩を振りほどこうとしたところで、多勢に無勢、勝ち目はない。

「新玉様、どうか我らの話をお聞きください！」

回り縁へ出た新玉を見て、なんとかそれを引き留めようと、縄を打たれた武者達も、口々に声を上げている。

どうかお考え直しください。為すべき時に諫言を申し上げられなかった、不忠をお許しください。ようやく立ち直りつつある萬景を、戦場に戻すわけには参りません。新玉様、どうか、どうか、どうか――！

「――うるさい！」

場を一喝したその声は、稜賀新玉のものであった。怒鳴り声というより、叫び声に近いそれは、すぐにそうとわかるほど震えていた。声だけではない。回り縁に立ち尽くす新玉は、俯いたまま家臣の方を見るでもなく、握りしめた拳とともに、全身をがたがたと震わせていた。

「誓約の件、おまえ達だって、一度は承諾したことではないか。それを今更覆しておいて、影武者の肩を持つわけではないだと？　笑わせてくれる！　そも、おまえ達に意見など求めてはおらぬわ。この萬景は、瑞鏡帝と結びつき深く、守護国として加護を授かることができる立場なのだ。その結びつきを、より強固なものにすることこそが、萬景王の務めであろう。それを蔑ろにすることなど、父上とて、……生きておられたなら、きっと許さぬはずだ。父上はこう仰るはずだ。私の、私の判断こそが正しいと！」

一息に言い募った新玉が、最後にちらりと、刻雨を見る。

そうして彼は忌々しげに、しかし最後まで己の臣下には目をくれようともせずに、こう言い捨てたのである。

「影武者め、何が祝福だ、偉そうに。この国のことは私が決める。正統なる王はこの私だ。父上の遺志を継いだのは、影ではない。私なんだ！　誰が、なんと言おうとも」

――その命令が、おまえが萬景国守として国を思い、民を思い、そうすることが最善であると判じた結果なら、俺はおまえの決断を、ただ祝福して立ち去ろう。

「――新玉殿！」声聞法師に行く手を阻まれながら、それでもしかし、なんとか呼び止めようと声を上げる。だがそれきり新玉は、二度と刻雨を振り返ろうとはしなかった。声聞法師を数人伴い、俯き加減に背を丸めた彼は、周囲の声を振り切るように、回り縁の果てへと消えてゆく。

その様子を他人事の如く見送って、「さて、」と軽い息を吐いた男があった。刻雨の方を振り返ったのは、壮年の声聞法師である。

「こちらも始末をつけなくては。……身の程知らずの青二才が、よくぞ引っ掻き回してくれたものだな。他派の法師はこの地へ踏み入ることができぬよう、結界を張ってあったはずだが、まったく、この大きな鼠は、どのように潜り込んだのであろうか」

——御晴野が何故、今年の山護叩扉《やまもりこうひ》のお役目に、おぬしを選んだと思う。

——この一帯には少し前から、巨大な呪が施されておる。

天狗の言葉を思い出す。刻雨は拳を握りしめると、硬い口調でこう告げた。

「新玉殿は、一体どちらへ行かれたのです」

「おまえが気にする必要はない。この萬景は、古くから帝領と、それに連なる陰陽寮が陰になり日向になり加護してきた土地。他所者にどうこう言われる筋合いはない」

「先程の話を聞いていたでしょう？　あなた方は禁忌に手を出した。これが明るみに出れば、御晴野とて黙ってはいない」

努めて強気な態度で返した刻雨に対し、「そうだな」と声聞法師が静かに笑う。この男がこんなにも落ち着いた態度でいられるのは、先程新玉に話していた、策とやらがあるからなのだろうか。だが、それは一体——。

「御晴野は昔から、融通がきかないからな。事の次第を知れば、確かに、黙ってはおらんだろう。だが、——この地でそれ以上の不祥事が起こったとなれば、口を噤《つぐ》まずにはいられまい。例えば、逗留中の白牙法師が己の牙獣を暴走させ、一国の主人を喰い殺させた、とか」

「えっ？」と思わず声を上げ、刻雨は肩を震わせた。何を言われたのやら、すぐには判じ得なかった。逗留中の白牙法師というのは、恐らく刻雨のことを指すのであろう。だがこの男は、刻雨が、何をすると言ったのだ。

「な、何を、……何を言っているのですか。私はまだ見習いの身にすぎず、牙獣を得てはおりません。そのような兇行《きょうこう》に、及べるはずがないでしょう」

そう口には出すものの、これまでに覚えた違和感が、じわりじわりと、刻雨の脳裏に蘇る。見張りの居ない寂れた牢。刻雨がこの場に訪れることを予見していたかのような、声聞法師の言葉と態度。そして何より、――やけに見通しの良い玉砂利の庭で、縄を打たれた荒魂の姿。

「幽鬼と化したあの影武者、どうやら牙卵を取り込んでいるようではないか。それ故、牙獣と等しく幽鬼を祓う力も持つ――。ならばおまえの牙獣と称したところで、差し支えはなかろうな。牙卵、牙獣は白牙法師にとって、己の魂の一部とすら聞いていたが、随分気前よくくれてやったものだ」

「あの者は、……死して幽鬼と化したとはいえ、自我を持っています。生者を襲うことなどありえませんし、ましてや新玉殿に危害を加えることなど、望んではおりません」

「だが滅吾《めつご》の札によって、その自我を奪われていたとしたら？」

自我を。

そうだ、刻雨は――、荒魂の身体中に貼りつけられた、札の効力を知っている。

（意思を、思考を、……心を奪う札）

幽鬼とは則《すなわ》ち、現世に未練を残した死者の成れの果て。それらは本来、曖昧になった欲求を満たすため、手当たり次第に生者を食らう。いわんや己を殺した仇《あだ》ともなれば、是非もなく喰い殺すものだ。

——さっきはなんとか踏みとどまった。だが。

礼黄の町で荒魂は、その理性ゆえ、自らの肉へかぶりつくことで、仇への殺意を噛み殺した。だが声聞法師に自我を奪われた、今は。

「正気ですか。萬景王に何かあれば、あなた方だって明日の誓約を結べなくなる」

「そうなれば、奴の血縁から更に使い勝手の良い王を選ぶだけだ。——萬景は、この数年であまりに潤った。周辺諸国との講和に、交易に重きをおいた政策。勝手なことをしてくれたものだ。このまま栄えさせ、瑞鏡帝の支配下から脱されては困る。萬景はあくまでも、帝領の加護に頼り、帝領の威光なしに栄えることのない、そういう国でなければならぬのだから。

だが我々がここまでせねばならなくなったのは、おまえのせいなのだぞ、白牙法師。おまえが萬景を訪れなければ、あの影武者と結託して、我らの秘術の存在を明るみに出すことさえなければ、萬景王の命まで捨て駒にする必要はなかったのだから。おまえごとき、我々にとってはなんの脅威にもならん。だがこの国にとっては——、まごうことなき、災いとなったな」

――おまえは穢《けが》れている。

――おまえは我らに、災厄を運んだだけではないか。

指先が冷え切っていた。あまりに帝領本位な言い分を、真に受けたわけではない。それでも眼前の男の語るその言葉は、幼い頃、呪詛のごとく刻みつけられた言葉と否応なしに重なった。

神鹿の血を継ぎながら、加護を与えることすらままならず、祟りを振りまくばかりの出来損ない。飛鳥井の者達だけではない。神鹿の事情を知る大概の者からは後ろ指をさされ続けてきたし、自分自身、そんな己に失望しながら生きてきた。

けれど。

「……、させぬ」

「どうするつもりだ？　やってみろ」

にやりと笑んだ声聞法師が取り出したのは、見覚えのある鈍色《にびいろ》の矢であった。

(幽鬼を封じた矢――！)

咄嗟に身体が動いていた。気づけば、たった今まで刻雨の身を拘束していた声聞法師達が、既にその手を放している。振りほどくことができたのか、ただ解放されただけなのか、それすらわからず手を伸ばすのだが、鈍色の矢は既に声聞法師の手を離れ、萬景の武者達が留められている庭へと落ちた。

「ひっ」と叫ぶ武者達の声。臭気と共に姿を現したのは、異形を呈した七頭もの幽鬼猪である。対する萬景の武者達は、いずれも縄を打たれたまま、得物も取り上げられている。応戦できようはずもない。

「雲《くも》、霧《きり》、室《むろ》、苔《こけ》、負《お》ふ為《せ》よ、――秋冬《しゅうとう》の呪、散！」

咄嗟に袖の内から竹簡を放ち、数珠を鳴らして呪を唱えた。爆音。直撃した猪の身体からは真っ黒な霧血が噴き出したが、とどめを刺せたわけではない。

（祓いの力は俺にない、――）

素足のまま庭へ降り、萬景の武者達を庇う形で、幽鬼との間に割って入る。だがそうする刻雨の一方、先程まで武者達を拘束していた声聞法師らは、ひらりと身を翻して殿中に上がり、壮年の声聞法師と共に、稜賀新玉が向かった方角へと去ってしまう。「待ちなさい！」と慌てて声をかけるのだが、振り返る者などひとりもいない。

「法師殿、我々のことより、どうか新玉様を――！」

すっかり青ざめた牛込が必死に訴えかけてくるのだが、そういうわけにはいかなかった。ここは鬱蒼と木々の茂る山間ではない。夜間とはいえ、多くの人間が控える城内だ。このまま幽鬼を放っておけば、場に残された武者達は勿論、それ以外も手当たり次第に喰い殺され、地獄絵図と化すであろうことは目に見えている。

（声聞法師達は、そうなっても構わないというのか）

あるいはその兇事すら、荒魂に罪をなすりつけるつもりでいるのか。

地に音を立てて鹿杖を突き、幽鬼猪を威嚇する。だが時間稼ぎをしたところで助太刀が入るわけでもなし、このままでは状況が悪化する一方だ。じわりじわりと不快な汗が、刻雨の背を伝ってゆく。礼黄の町での時とは、幽鬼の数も違う。そう長くは持たないだろう。

ならばどうする、ならば――。

「ふんっ、ぬ……！」

背後で聞こえた野太い声に、びくりと肩を震わせる。「静かにやれ、法師殿の気が散るであろう」と囁《ささや》くように責めたのは、武者の内のひとりであった。一体何ごとであろうかと、幽鬼どもに注意を払ったまま、ちらと視線を向けてみて、――思わぬ事態に、刻雨は「ひえ」と声を漏らした。

ぶちぶちと音を立て、千切れて地に落ちたものがある。最も体格のいい武者を捕縛していた縄である。まさか力任せに引きちぎったのか。信じられずに瞠目する刻雨の一方、身体の自由を取り戻した武者は嬉々として、すぐさま別の武者の縄に手をかけ、また引きちぎろうと力を込めている。

「松の口まで戻れば刀も手に入る。幽鬼に刃は通用せぬとわかってはいるが、しかし法師殿、我らにも力を尽くさせてくれ」

その言葉に、刻雨はごくりと唾を飲み込んだ。

そうだ、今刻雨の背後にいる者達は、守ってやらねばならぬ弱者ではなく――、この国を、守ってゆくべき立場の者達なのであった。

「……、幽鬼どもを引き連れた上で、国守殿の後を追います。道中、援助をお願いしたい。幽鬼をこの場に放置していくわけにはいかないが、私には祓いの力がありません。声聞法師以外に、この場にあって幽鬼を祓えるのは、荒魂――いえ、影武者であった彼だけです。先程のやり取りから察するに、国守殿は影武者のもとへ向かったはず。もう一度道案内と、今度は幽鬼への対応もお願いできますか」

ひとりまたひとりと打たれた縄から解放された武者達が、「承知した」と腹を括った様子で返す。それを横目に見ながら、刻雨はそっと姿勢を落とし、幽鬼猪の霧血を己の手に塗りつけた。

ちらと視線で合図する。武者達も、呼応するように頷き返した。

「外から回ったほうがはやい。法師殿、こちらです！」

声と同時に、皆が一斉に地を蹴った。幽鬼どもが猛然と追ってくるのを横目に見ながら、時に呪の竹簡を放ち、時に萬景の武者達が、道中取り戻した刀を振るって応戦する。相手は幽鬼だ。斬りつけたところで、時を置かずしてまた元の形を取り戻すのだが、それでも十分、距離を取るための時間稼ぎとしては機能した。

（今はとにかく、荒魂のもとへ、――）

再び相まみえるはずの、ふたりの萬景王のもとへ。

今度は幾人かすれ違う者があったが、彼らのいずれも、刻雨達の後に続く幽鬼の存在に気づくや否や、悲鳴をあげて道を譲ってくれた。そのことがやけに、小気味よい。何事かと慌てふためく彼らを追い越して、死にものぐるいで駆けてゆけば、遥か眼前に、再び内庭が見えてきた。

凡《およ》そ満ちていたはずの月は雲で覆われ、灯るあかりの数も多くはない薄闇の中。だが刻雨は、人に比べて多少夜目が利く。目を眇めてじっと見れば、玉砂利の上には朱で描かれた陰陽の陣が見え、その中心には先程と変わらず、罪人の如く縄を打たれ、俯き具合に座す荒魂の姿が見て取れた。

更に周囲を見回せば、陣外を取り囲むように立つ声聞法師らの姿がある。そしてその他に――、荒魂のもとへ歩み寄ろうとする、ふたつの人影があった。

一方は萬景の武者であろう。礼黄で牛込と共にいた顔やもしれぬ。儀礼めいた厳かな足取りで荒魂の脇へ立ったこの男は、恭しく場へ跪き、もう一方の人物に対し何かを差し出している。一体何をするつもりかと更に目を凝らし、刻雨は絶句した。

差し出されたのは太刀であった。手を伸べて、それを鞘から引き抜いたのは、他でもない稜賀新玉である。

「……やめろ、」

掠れた声を張り上げても、彼らの耳には届かない。

共に駆けてきた武者達の目には、まだ状況が見えていないのであろう。何事かと問うてくるのだが、もはや構ってはいられなかった。

「やめろ、やめろったら――！」

息を弾ませ、必死に駆ける。だがそうこうするうちに、微《かす》かなあかりを受けて煌めく刀身が、萬景王の手にしたその太刀が、――深々と、荒魂の背へ、突き立った。

どくり。

やけに大きな、鼓動の音。

幽鬼特有の真っ黒な霧血が、ぶわりと場に立ち上る。その一部は稜賀新玉の身体にもまとわりついたが、それでも彼は太刀を放さず、より一層力を込めて、かつて己の影武者であった者の身体を貫いた。

「もう、返していい、いい、してくれ」

地を這うようなその声が、誰のものだか、刻雨には一瞬、わからなかった。

「ああ、忌々しい、悍《おぞ》ましい。何故なんだ。確かに殺したはずなのに、やっとの思いでそれを決断したのに、何故おまえは戻ってきた。私に萬景王を名乗らせるのが、それほど不服か？　あるいは不安に思ったか。おまえが愛したこの国を、私ごときに御せるわけがないと、そう考えて、化けて出たのか」

絞り出すような声であった。縋るようなその声は、けっして大きなものではない。

それなのに何故だか、刻雨の耳には確かに届く。

「下賤の影武者に過ぎぬおまえに、何故正統なる萬景王たる私が、見下されなければならぬのだ。おまえは影だ。影に過ぎぬ。なのにおまえがいる限り、私はけっして王にはなれぬ！　……だから殺した。だからもう、……私に、その名を返してくれ！」

ひりつくようなその言葉が、刃のように闇を裂く。

どくり、どくりと鳴る鼓動の音——、刻雨の伴たる、牙卵の息吹の音と共に。

刹那。

——返せ。返し、て、くれ。

突如、場に響いた声があった。

外からの声ではない。内からの声である。その場のすべての身の内に、我が物顔で入り込み、脳天を蕩《とろ》かすような、心の臓に刃をあてがうかのような、ひやりと命の危機を思わせる、人ならざる者のことば。

渇求。

何故今これを聞くのかと、理解できぬまま空を振り仰ぐ。そうして刻雨は、——竦んで思わず、立ち止まった。

（これは、……）

虫が鳴き、涼やかな風の吹く秋の夜は、既にその場に存在しなかった。見上げた空にはいつの間にやら、真っ黒な暗雲が立ち込めて、星月の明かりをことごとく遮っている。

声聞法師らの掲げる炎が揺れた。そうかと思ったその瞬間、何かしらの強い圧を受け、刻雨はその場へ倒れ込んだ。突如として巻き起こった、強い風に吹き飛ばされたのだと気づいたのは、一瞬遅れた後のことだ。

吹きさらわれるかのような風に晒され、必死に地面へしがみつく。すぐ背後にいるはずの武者達の叫ぶ声がしたが、一体何が起きているのやら、状況を把握することはできなかった。あまりの強風に、目を開けることすらままならないのだ。

みしみしと軋んだ音を立てているのは、周囲の建造物だろうか。戸襖が、と誰かの声。だがそれすら暴風と、降り出した大粒の雨の落ちる音に穿たれて、混沌の内にかき消されてゆく。

——返せ。忌々し、い……、悍ま、しい……。

脳天に響くその声は、稜賀新玉の零した言葉を、ただなぞっているようにも思われた。だが刻雨はこの声を——幼い頃、仁駱山とその麓に位置する飛鳥井《あすかい》緑《りょくの》院《いん》を襲った暴風雨のことを、奪われたものを取り戻そうと渇望する、この声を確かに覚えている。

返せ。

——いかなくちゃ。だってあのこえは、……わたしをむかえにきたのだもの。

——おまえを手に入れさえすれば、我が一門の宿願は果たされようと信じていた。だが実際はどうだ。おまえは我らに、災厄を運んだだけではないか。

——飛鳥井一門は、神鹿の加護を手中に収めた。そういう触れ込みではなかったか。

「神鹿、……そうだ」

返せ。

——後継を失った神鹿の魂は祟りの幽鬼となり、人の胎から生まれた男児《おのこ》は、身に祟りを宿した上、神にも人にもなれぬ有様。

――あの牙卵は、あの牙卵は特別なのです。すべてあれに封じたのです。

（荒魂が喰らった俺の牙卵は、――神鹿の祟り、そのものだもの、……）

返せ！

やっとのことで目を開ければ、風雨に破壊の限りを尽くされ、すっかり様子を変えた内庭の中心に、ゆらりと立つ影があった。呆然と立ち竦むそれは、身体中に札を貼られたまま、縄も打たれたままの姿でそこにいる。

影。今の彼ほど、その呼び名に相応《ふさわ》しいものはないだろう。ゆらりと立つ姿に生気はなく、辺りを取り巻く暴風雨など我関せずといった立ち姿は、あまりに空虚であった。

だがそれが、ぐらりと、刻雨達の方へ顔を向ける。

――ああ、腹、が、減っ、た、なあ。

恐怖に一度、呼吸を忘れた。

瞬時、何かが鋭くこちらへ伸びた。何かはわからない。物理的なものではないように思う。だが腕を模した何か――、気迫のようなものが、刻雨のすぐ脇をすり抜けた。

標的は、どうやら刻雨達を追ってきた、幽鬼猪であったらしい。狙い違わず伸びたそれは、幽鬼猪をまとめて束ねると、ばり、ごりと音を立て、一度でそれらを捕食する。

地に這いつくばったまま戦慄する刻雨の一方、虚ろな影は何かに気づいた様子で、その足元に顔を向けた。そこにいるのは、気を失って横たわる武者と、怯えきった様子で地に尻をつく、稜賀新玉の姿である。

——そうだ、返せ、私の肉を、——力を。

地を覆すようなその声に、刻雨の身体も震えていた。この声が神鹿の祟りの声ならば、語る肉とは、よもや刻雨自身のことであろうか。

返せと、声はそう言った。

持つべき者の、元へ返せと。

「——行かなきゃ」

震える声で、呟いた。

風雨の中、濡れた衣服に足を取られながら、それでも刻雨は鹿杖を突いて立ち上がり、身体を穿つような雨を掻き分けながら、やっとのことで歩き始めた。

突然の事態に誰も皆、すっかり慄《おのの》いていることだろう。先程までは嫌味な笑みを浮かべていた声聞法師ですら、この事態には恐慌しきっているのではなかろうか。まさか捕らえた幽鬼の腹の内に、十数年来所在不明となっていた神鹿の祟りが潜んでいようとは、思ってもみなかったであろうから。そう考えると、何やら小気味よい気さえして、刻雨はひとり、嵐の中で無邪気な笑い声を上げた。

城内の状況は見渡す限り悲惨だが、どうか皆、銘々に身を守ってくれているようにとそう願う。城下の町はどうであろう。萬景城を取り巻く凱玲京は。その周辺の町々は。

(あまり大きな被害となっては、きっと荒魂が、悲しむ)

視線の先に佇む虚ろな影が、遂に縄を引きちぎったのが見て取れた。そうしてその影が、足元の人物――己の命を奪った男の姿を見つけ、今まさに、喰らいつこうと牙を剥く。

――俺もいつか、無差別に周囲を襲う化け物となるのか？

「させない」

独り言ち、刻雨はまた高らかに笑い声を上げた。

――おぬしはただ、おぬしの受けた祟りごと、その身を喰わせてやれば良い。おぬしが身にまとう腐気は、幽鬼にとっても毒となろうからな。……毒をもって毒を制す。その程度のことならば、おぬしにも成し遂げられよう。

「毒など喰わせてなるものか」

あの時は、助けることができなかった。ぐったりと意識を失った少年が川に落とされるのを、天千代は、ただ泣き叫んで見ていることしかできなかった。

けれど、今なら。

（ああ、今度こそ、）

間に合った。

牙を剥く虚ろな影と、怯えて顔を引き攣らせる男の間に、するりと身を滑り込ませる。

その瞬間、刻雨の肩を貫いたのは、人ならざるものの鋭い牙であった。

痛みに視界が明滅した。気づかず呻き声が漏れた。傷口から迸《ほとばし》る尋常ならざる熱が頭を沸かせ、遅れて大きな震えがきたが、それでも刻雨は倒れなかった。奥歯を噛みしめ、踏みとどまって、辛うじて動く方の腕で、虚ろな影の肩を抱く。

触れたその手の先にあるのは、底の知れない無限の餓えであった。上下左右も判じ得ぬ、がらんどうめいた闇の中。唯一灯るのは、どくりどくりと脈打つ金色《こんじき》である。

牙卯。

桑黄山で失った、魂の伴がそこにあった。手を伸ばせば、ともすれば、今度こそそれに触れることができるのやもしれぬ。取り戻せるのやもしれぬ。だが刻雨は目もくれず、闇の中に溢流《いつりゅう》する、取り留めもない思考を追った。

「荒魂、」

呼びかける。答えはない。だが不意に、指先に触れた思いがあった。

「どうすれば、こんな内輪の殺し合い、しなくて済んだのかなあって……。桑黄山で息絶えようとしたとき、考えていたのはそんなことだった。俺がもっと明確に、新玉への忠義を示せていたら良かった？　あるいは自ら政務に励めと、それでこそ自ずと周囲からの支持も得られようと、口うるさく説教たれてやるべきだったのか？　それとも……、所詮、俺は影武者に過ぎないのだから、高望みな理想を追い求めたりしないで、見くびらせておけば良かったのか。そうしておけば、せめて同胞達のことは、巻き込まずに済んだのかな。……あーあ、いっそ俺が、俺こそが、生まれながらにその座を認められた、本当の萬景王だったらなって、図々しいことも考えたりして」

ぽつり、ぽつりと呟くそれは、影の王の、独り言である。

「だからといって死してのち、自分を本当に萬景王だと思いこむなんて、盗っ人猛々しいにも程があらぁな。これじゃ、叛意を疑われたとて無理もない。ああまで憎まれるのも、当然のこと……。この上、血を分けた兄弟みてえに思ってただなんて言ったら、また首を刎ねられちまうかな。偶然拾われただけの野良犬が、一体何を言うのかと……」

彼もまた、新玉の言葉を聞いたのであろう。慟哭《どうこく》めいた、悲痛な叫びを。だからこうして塞ぎ込み、声を殺して泣くのだろう。

(ああ、――だけど)

形のない思いの内に、恐る恐る手を伸ばす。

そうして刻雨は、せめて穏やかに、語りかけた。

「あなたは、あなたでしかあれない。ですが……。影武者であったあなたも、嘘の下手な船問屋も、あなたが野良犬同然だったと語るあの子も、懸命に生きたではないですか。どこの誰が、なんと言おうと、私はそのことに、ただ敬意を表したい」

形のない思いに寄り添えるよう、そっと静かに息を吐く。

「あなたのひたむきさに、光を得た者もいるのです。私もそのひとり……。あなたに弱気になられては、こちらも調子が狂います。特に今は、――あなたの最期のわがままやらを為すために、私もあなたも、一世一代の大芝居をやってのけなくては。今が正念場。そうでしょう？　荒魂」

答えはない。けれど、

顔のない顔が、振り向いた。

次の瞬間、強い雨音が周囲に蘇っていた。気づけば刻雨は、息も絶え絶えに、己に喰らいつく烏面の男に半ば寄りかかるようにして、夜闇の庭に立ち尽くしていた。ちらと足元に視線を向ければ、いつの間にやら追いついてきた萬景の武者達が、皆蒼白となりながら、それでも、主君たる稜賀新玉を庇う形で身を投げ出している。刻雨は再度、己が伴のほうへ向き直ると、努めて厳かな口調でこう告げた。

「あなたに、もう、一度、――神鹿の加護を、授けましょう」

降り続く雨が血を拭う。吹き荒れる風が傷をなぶる。痛みに意識が遠のいてゆく。だが刻雨には、もう大丈夫であろうと、そういう確信があった。

「私にだって少しばかりは、その力があるのだと、あなたが教えてくれましたからね。あなたが私にしたように、私が、あなたの心を取り戻す。あなたが困った時には、私が助けると、約束、しました、から、……」

烏面の青年が、はっと牙をおさめ、虚ろな様子で刻雨を見る。次第に状況を理解したのであろう。狼狽えた様子の彼は、しかしふらついた刻雨の身体を咄嗟に支え、「何故」と短くそう問うた。

「随分昔の、お約束のとおりに、しただけです。まあ、あなたには、何のことやらわからないのでしょうけど。……それより、」

傷の痛みに耐えながら、新玉の方へ視線を送る。武者達に庇われながらもすっかりずぶ濡れとなった彼は、いかにも頼りなげに地面に蹲ってはいるものの、今度こそ、その視線は家臣達へと真っ直ぐに向いている。

「新玉殿と、つもる話がお有りでしょう。今度こそ、じっくり語り合ったら良い。ただ、……私は疲れましたので、すみませんが、少し休ませてください。大丈夫、あなたも私もつつがなく、与えられた役をこなしましたよ」

微笑んで、吐き出すようにそう告げる。そして最後に、もうひとこと。

「――堂に入った幽鬼の演技、お疲れ様でした、荒魂」

荒魂がなにか語りかけたのがわかったが、しかし最早その言葉は、刻雨の耳には届かなかった。

＊＊＊

落葉を踏みしめる、軽やかな足音。

深い山中を、彼はひとりで歩いていた。どうやら見知った場所ではない。だが懐かしさを覚えるのは、何故であろう。

夜半のことであった。

霧が立ち込める獣道。灯りのひとつも持ってはいないのに、不思議と心許なさは感じない。空を仰げばぼんやりとした望月《もちづき》が浮かんでいるのだが、それは見えたと思う間に、またすぐ雲隠れしてしまう。

少しゆけば、低い草木の繁る原へ出た。そこで何かしらの気配を感じて首を持ち上げ、視線を巡らせて、——彼は、己の目を疑った。

長く、長く、求めてきた姿が、その先にある松の木の下にあったからだ。

金色《こんじき》と見える豊かな毛並みに、十にも廿にも枝分かれして見える、天に伸びた鋭い角。神聖味を帯びてそこに在るのは、仁駱山山護、神鹿の真《まこと》の姿であった。

幻だろうか。きっとそうに違いない。けれど堂々たる風格を備えたその獣は、ちらと彼に視線を向けると、綻ぶように柔い声音で、こう語りかけたのである。

「ああ、ようやくおまえに会えた」

人のものとは違う、心の奥底に語りかけるような声。

不意に強い風が吹いた。草木に降った白露《しらつゆ》が、煌めく宝珠の如く散ってゆく。

「おかえり」

優しい声がそう告げた。おかえり、おかえり。初めて己に向けられたその言葉に、戸惑いぎくりと震えが走る。

一体どういう意味であろう。まるで迎え入れてくれるかの如き言葉ではないか。真に受けても良いのだろうか。ただいま帰りましたと、そう応えて、駆け寄ってしまっても良いのだろうか。

　良いのだろうか。

　呪われたこの身が近づくことで、かの神聖さを、翳《かげ》らせてしまいはしないだろうか。

（そうだ、俺は、——穢れているから）

　心とは裏腹に、思わず数歩、後ずさる。

「申し訳ありません」

「何を謝る」

「まだ、お返しできません」

「返すとは、一体何を」

「あなたから、かつて人間が奪ったものを。……わ、私は、……どんなに醜く歪《いびっ》でも、まだこの目で見、この耳で聞き、この脚で歩きたいのです。だから、……」

「おいで」と有無を言わさず、更に呼びかける穏やかな声。

　今度ばかりは、心からの欲求に、抗うことができなかった。

　しなやかな四本の足で、彼は咄嗟に地を蹴り駆け出していた。草木を掻き分け、白露を飛び散らせ、そうしてまだあどけない子鹿のように、彼は神鹿の胸元へと身を寄せた。

　こんなことをして、叱られないだろうか。図々しい、おまえは忌まわしい祟りの子なのにと、拒まれはしないだろうか。けれどそんなふうに憂うそばから、既に亡《な》いはずの神鹿の身体は、不思議な温かみを持って、彼を包みこんでゆく。

言葉ではなくその熱が、彼にすべてを伝えていた。

「ずっとこうしたかったのです」

ぽつりぽつりと、呟いた。

「己の置かれた身の上を、恐れるのではなく、認めたかったのです。疎むのではなく、愛したかったのです。けれど心を偽って、あなたの力を封じ込め、捨ててしまおうとした。課された立場から、目を背けようとした。それでも、……私のことを、赦して下さいますか」

山の端《は》に、うっすらと日が射してきた。そろそろ夜明けとなるのだろう。

「赦すも、赦さないもあるものか」

穏やかな声が、そう笑う。

「おまえが、己の道を歩き始めたのなら、それで良いのだ。それは既に、おまえのもの。ただ、──いつかおまえが望むなら、きっとこの山へ帰っておいで。この美しい山だって、遍《あまね》くおまえのものなのだから」

乾いた大地に雨がじわりと沁み入るように、言の葉がそっと、彼の胸に寄り添った。

「はい」と微笑むその顔に、怯える色は既にない。

見れば雲海が朱々と染め上げられ、周囲に連なる山脈には、美しく霧の立ち上る様が見て取れた。眼下に湛えられた泉は誇らしげに照り輝き、紅葉《こうよう》の流れるせせらぎは、静かに大地を潤してゆく。

「私が私であることを、恐れることは、もうしません」

清涼な川に寄り添って、決意をそっと、乗せて流した。

終

のらりくらり

――赤琥《しゃくごう》七三三年十一月三日――


「さあさ、見ていってくんな！　うちの魚は美味《おい》しいよ」

「あら、旅の方。もう昼餉《ひるげ》はお済みかい？　よかったら食べていっておくれよ」

萬景《ばんけい》の栄えし港、斉峭《せいはく》の町。蔵の立ち並ぶ堀沿いを抜けた先にある、所狭しと店の並んだ賑やかな中通り。

そこに、きょろきょろと辺りを見て回る、法師姿をした旅装の青年の姿がある。

往来をゆく人混みの流れに沿い、心許ない足取りでひとり彷徨《さまよ》い歩く彼は、笠を持ち上げ、手に持った文《ふみ》と周囲の風景を見比べて、「ううん」とひとつ、唸り声を上げた。

この辺りに目的地があるはずなのだが、先程から何度通りかかっても、どうにも見つけられないのだ。致し方なく、近くで呼び込みをしていた女に、問うてみる。

「すみません。高札場がどちらにあるか、ご存知ですか？　あの、魚河岸《うおがし》の辺りと聞いてきたのですが」

「高札場？　兄さん、旅の御方だろう。折角斉峭に来たんだから、まずは魚を食べていきなよ。この辺りにはいい店が沢山あるよ。例えば、うちの店とかねえ。一人旅で寂しいんじゃないかい？　お酌の子もつけるよ」

「あっ、いいえ、先を急いでおりますので」

青年が慌ててそう言えば、女は「なんだあ」とつまらなそうに声を上げ、しかし身振り手振りを交えて、親切に道を教えてくれた。礼を言い、会釈をしてまた歩いてゆく。

見れば足元にはぽつぽつと、大きな水溜りができていた。

萬景を騒がせた大雨の痕跡は、今もまだ、そこかしこに残っているようだ。

「なあなあ、聞いたか？　例の噂。凱玲京《がいれいきょう》の新玉《あらたま》様が、あやかしに憑かれてたって話」

「聞いたよ。ご病気の噂も、あやかしのせいだったたって言うんだろ？」

「例の暴風雨も関係してるって話だぜ。ここいらはまあ、よく雨が降ったなあって程度だったけど、萬景城は散々だったとか」

「田畑は流石《さすが》に流されたかと冷や冷やしたが、新玉様のおかげで治水工事が進んでたんで、おおよそは無事だったらしいぜ」

「あやかしの呪をかけたのは、長塚《ながつか》だったとも玉襷《たまだすき》だったとも噂になってる。けどま、ちょうど帝領《ていりょう》からいらしていた、千寿萬歳《せんじゅばんざい》の祭祀官様御一行が、見事にそれを討ち滅ぼしてくださったたってえことだけどな」

「陰陽寮様、国守《くにもり》様、様様ってところだな」

人々の噂話に耳を傾けながら、しかし言葉を挟むことはせず、人混みの中を進んでいく。陰陽寮様様、国守様様。ふうんと思わせぶりな声を上げたくなるのも事実だが、まあ、聞き捨てておくのが正解だろう。

すべて彼の思惑通り、事は進んだのだから。

（ひと月前の朔の晩、名もない青年が命を奪われたことなど、――誰も、知らないまま

でいいのだ。他でもない彼自身が、それを望んだのだから）

きゅっと口元を引き結び、この青年――刻雨《ときさめ》は、笠を持ち上げ「ふう」と安堵の溜息を吐いた。

人混みの合間から、待ち合わせの目印にと指定されていた高札場が見えている。ちょうどそこに、馬具を載せた馬を引き、訪れた男の姿があった。

「牛込《うしごめ》殿」

呼びかければ、武者姿の男が振り返り、刻雨の姿をみとめて会釈でそれに応じてみせた。稜賀《りょうが》新玉の側役《そばやく》のひとりである彼と、刻雨は、ここで待ち合わせをしていたのだ。

「――御晴野《みはるの》へ帰られるそうだな。船で向かうらしいが、手配はすべて済んだのか」

人混みを避け、船着き場の方へと歩きながらそう問われ、「概ねは」とまず返す。

「あとは、例のものだけです。急なお願いでしたが、ご準備いただけましたか？」

「ああ」と牛込は馬にくくりつけていた風呂敷包みを指し示し、「旅に必要そうなものも、あわせて包んでおいた」と告げる。

「ありがとう存じます」

まずは素直に礼を言い、それから刻雨は、何気ない口調でこう続けた。

「町で話を聞く限り、萬景城での出来事は、彼の筋書き通りに伝わっているようですね。稜賀新玉にあやかしが憑き、それを帝領の声聞法師《しょうもんほうし》が祓った。――声聞法師ばかりの手柄になっているのは少し面白くありませんが、まあ、それは良しとしましょう」

「御晴野は、何か言ってきたか？」

「便りが届きました。あの騒ぎの影響で、声聞法師が張っていた結界に、亀裂が入ったそうです。これからは陰陽寮に属さない法師であっても、従来どおり結界に阻まれることなく西域へ訪れることができますし、御晴野も、結界自体を張らせぬよう、目を光らせるとのことでした。声聞法師の一行は、内密に帝領へ引き返した、とあなたからの便りにありましたが、その後、何か動きはありましたか？」

「いいや、」と牛込が首を横に振る。

「幸い、帝領へ帰られたまま、それきり音沙汰なしだ。幽鬼を使役すると豪語しておきながら、実際は幽鬼と化した影を前に、打つ手なしの体たらく。余程の厚顔無恥でなければ、当面はおとなしくしてくださることだろう。誓約の件も、このまま流れるはずだ。いや、万が一にも議論が再燃した時には、我々が責任を持ってお止めする」

「約束ですよ。……帝領と萬景の関係性をすぐに変えることは難しいでしょうが、それも少しずつ、変わっていくといいですね」

船着き場近くへ到着すると、牛込は例の風呂敷包みを手渡して、「世話になった。どうか、達者で」とまず言った。だがすぐには背を向けず、逡巡する素振りを見せる。

「法師殿。その、――影は、」

影。

聞かれるだろうと思ってはいたのだが、どう説明をしたものかと、つい、眼を泳がせてしまう。

「彼はええと、その、未練を晴らして成仏した、……ということに、しておいてほしいそうです」

歯切れ悪くそう言えば、牛込はしかし、「そうか」と安堵と後悔の念を混じらせた表情で俯いて、それ以上に問いただすことはしなかった。

その後も二、三言葉を交わし、今度こそ牛込を見送ると、刻雨はひとり、あてもなく船着き場を逍遥《しょうよう》した。慣れぬ喧騒に耳を傾け、まだ見ぬ海路に胸をそわつかせる。

明日の朝には刻雨も、この港町から弁才船《べざいせん》に乗り、萬景を離れる手筈になっている。

この地で起きた幽鬼騒動を無事におさめ、桑黄山《そうおうざん》は山護《やまもり》たる天狗御神《てんぐみかみ》から、当初の旅の目的であった、山護叩扉《こうひ》の品を授かったのが数日前のこと。それを遥か北方に位置する、御晴野に持ち帰るのが、刻雨にとって当面の旅の目的である。

とはいえ実のところ、刻雨は慣れた徒歩《かち》にて、御晴野を目指すつもりであった。船を用いねばならぬ理由はない。しかし、——徒歩では嫌だ、せっかく遠方まで出向くのだから、弁才船を用いてみたいと、強く主張する者がいたのである。

(押しが強いんだから、……)

とはいえ内心、刻雨も初めての船旅を、楽しみにしてはいるのだが。

息を吐き、顔を上げる。明るい陽を受けてきらきらと照り輝く海の方へと視線を向ければ、そこに、見知った人影を見つけることができた。

刀を帯び、濃色の裁付袴《たっつけばかま》を穿いた萬景風の武者姿。腕を組んで海を眺め、ひとつに結わえた長い黒髪を風に遊ばせているのは、刻雨にとって初めてできた、旅の伴である。

「――、荒魂《あらたま》」

呼べば、顔に烏《からす》の面をつけた男が振り返り、軽やかに手を振って返した。

「戻ったか。船の手配は済ませたぜ。今の時期は陸地に沿って風が吹くから、十日もあれば御晴野から一番近い港町、津丈《つじょう》に着くそうだ」

「十日……。船って、速いのですね。徒歩で向かったら、ひと月はかかる距離なのに」

「それで、そっちの首尾は？」

「先程、牛込殿から頂いてきました。ほら。あなたの名前で発行された、通行手形。萬景国守のお墨付きで、帯刀許可のこととか、面は外せない件とか、色々と理由をつけて書いてくださったそうです」

「そうか。よし、これで準備万端だな。新天地！　ちっと楽しみになってきた」

からりと言って笑う荒魂に、刻雨も「それはよかった」と微笑んだ。

およそひと月前のこと。萬景領は桑黄山で、名を持たぬひとりの青年が死んだ。萬景の国を興そうと奔走した彼は、それを快く思わぬ者達の手により討たれたのだ。だが命を奪われたはずの彼は、何の因果か人ならざるものと化し、こうして今、刻雨とともに新たな土地への旅に出ようとしている。

「それにしても、まさか、成仏する手立てがねえとはなあ……」

　ぼやくように言う荒魂に、「その話は済んだでしょう」と返す。だが、それしきのことで黙る男ではない。

「あれだけ声を大にして、死者の魂を使役するなど、鬼畜の所業と言ったこの俺が。結局川を渡れずに、現世《うつしよ》に留《とど》まる羽目になるとは……。頼みの綱の御晴野から、返事があったと喜んでみれば、幽鬼に牙卵《がらん》を喰われた例など古今東西見当たらない、だから祓い方もわからない、ときたもんだ。——その上、なんだ？　神鹿《みろく》の祟りがどうとか、子供の頃の加護がどうとか。そのせいで、余計に事態がややこしくなりやがった。あの時逃がしてやった子鹿の正体がおまえってことにも驚いたけど、十年ぶりに姿を見せたと思ったら、半端な加護よこしやがって」

「そっ、……そ、そんな言い方はないでしょう！　加護は、……半端だったかも知れませんけど……。牙卵は私が喰わせたのではなく、あなたが勝手に喰ったのですよ」

「あーあ。合わせる顔がなくて、わざわざ出向いてくれた牛込とも話せなかったし。まあそも、顔はねえんだけど」

　こういう笑えない冗談を、屈託なく挟んでくるところが荒魂らしい。

（牛込殿の方は、話したそうにしていたけどな）

　本当に話したいことがあったのなら、今から急いで追えばいいのだ。だがそれを言ったところで、きっと荒魂は追わないだろう。

　萬景と帝領の誓約を阻んだのは、あくまでも己の最期のわがまま。人としての生を終えた己は金輪際、萬景の政に関わるべきではないし、その中枢にいる者達とも、会わぬほうが良かろうと、そう決めたのは荒魂自身なのだ。

その上で彼は――、成仏の方法が見つかるまで、牙獣《がじゅう》に近しい己の身の制約を受け入れて、刻雨の旅に同行しようと申し出た。

（本当は、……旅立ちの前に今一度、新玉殿と膝を交える機会があったほうが良いのではないかと、そうも思ったが）

萬景城で暴走した荒魂に喰い付かれ、刻雨が気を失ったあとのこと。牛込や、その他の武者達から聞いた話によれば、人々が萬景城内の被害状況を確かめようと右往左往する間、荒魂はかつての主君とふたりきりで、何かしら会話を交わしていたらしい。何を話したのやら、刻雨は知らぬ。それとなく荒魂に尋ねてみても、有耶無耶にされるばかりなので、刻雨も食い下がることはしなかった。

しかし、十分に語らうだけの時がなかったことは確かである。

刻雨ははじめ、萬景城にて他の負傷者とともに手当を受けていたそうなのだが、肩を喰い裂かれ、重傷を負っていた己は、半刻と経たぬうちに容態を悪化させたらしい。そう聞かされた荒魂は、周囲が止めるのも聞かず馬を一頭失敬すると、刻雨とともに城内から姿を消したのだという。

それ以降のことは桑黄山の天狗から聞いた話になるが、意識の戻らぬ刻雨を己の背に括《くく》り付けた荒魂は、どうやらその足で馬を駆り、桑黄山へと取って返したらしい。そうして有無を言わさぬ剣幕で天狗の神奈備《かむなび》に上がり込み、刻雨の手当をしてくれと捲《まく》し立てて、天狗に頭を下げた。

「儂《わし》の作る薬は、本来であれば秘薬中の秘薬。ひと月の内に二度もこれを使わせたのは、おぬしらが初めてだぞ」

意識を取り戻すなり、天狗に苦言を呈されたが、むしろひと月の内に二度も生死を彷徨った、刻雨の方を労《いたわ》ってほしいところである。

ともあれそんな経緯から、刻雨は内心、荒魂からかつての主君と話す機会を奪ってしまったのではなかろうかと、後ろめたさを覚えていた。

(荒魂自身は、「終わったことだ」の一点張りなのだから、……俺が口を挟むべきではないのだろうが)

──俺ひとりで、最後にちゃんと、あいつと話がしたいんだ。

あの日、凱玲京で、荒魂は確かにそう言った。

結果的に帝領との誓約を阻むことはできたものの、荒魂が話したかったことというのは、それだけではなかったはずだ。もっとじっくり語らう時間が必要だったのではないかと、刻雨には、そう思えてならなかった。

「……。船が出るのは明日の朝ということですから、今日は港町を楽しみましょうか。荒魂は、この町のことも詳しいのですか？　今晩は何を食べましょうかね」

努めて明るく声をかければ、懐手《ふところで》した荒魂が、「うーん」と唸って首を傾げる。

「これきり萬景も見納めだろうし、この辺の馴染みの店には全部行っておきてえな。……うん。おいハルサメ、今宵は腹がはち切れるほど、存分に美味《うま》いものを食わせてやるから、覚悟しておけよ」

「えっ？　あっ、はい。それは嬉しいですけど……」

見納め。そう言い切った荒魂の言葉が、刻雨の胸に棘《とげ》を刺す。これを最後に、彼は二度と、萬景に戻らぬつもりでいるのだろう。

彼が愛した国との縁は、最早これきり。

荒魂のそういう性分は、刻雨にも少しわかってきた。けれど。

「……。荒魂、旅の暮らしはね、」

背を向けて先へ進んでいってしまう旅の伴に、おずおずとそう話しかける。

「行ってみようと思えば、足が向けば、気が向けば、大抵、どこへだって自由に行けます。そりゃ、まあ、路銀とか、治安とか、立場とか、気にしなければならないことも色々とありますし、思うようにいかないことだって、沢山ありますけど……。でも、行くも帰るも自由なのです。自由に行って、そこで、好きなことをすれば良いのです。だから、その、――お好きでしょう？　そういうの」

どこへだって自由に行ける。かつて刻雨にそう教えたのは、名も知らぬひとりの少年であった。彼の手により檻から出でた刻雨は、紆余曲折を経て再びまた、因縁深いこの地を踏んだ。望んだ往訪ではなかった。けれどこの地に戻ったからこそ、得られたもののも確かにあった。

だから今度は、刻雨が教えたい。

過去を一切、切り捨ててしまう必要はないのだと。

けれどそんなことを、主君に討たれ人ならざる者と化し、成仏する方法を模索しようとする彼に告げるのは、酷だろうか。

どう伝えるべきかと言い淀み、しかしひとまず視線を上げて、訝しむ。立ち止まった荒魂が、じっと一点へ顔を向けていることに気づいたからだ。

つられて視線を向けてみて、刻雨は小さく息を呑んだ。

少し離れた人混みの中、ひとつ止まった駕籠《かご》がある。黒羅紗《くろらしゃ》に屋根を覆われた、やんごとなき身分の者が使う御忍《おしのび》駕籠――。

(もしや、……)

そう言葉にするよりもはやく、駕籠は人混みに紛れるように、そそくさとその場を立ち去ってしまう。慌てて荒魂を見るのだが、この男はにやにやと笑みを浮かべるばかりで、追おうとする素振りもない。

だが何気ない仕草で足元の石を蹴飛ばした彼は、「行こうぜ」と軽い口調を装って、刻雨のことを促した。

「――行くも帰るも自由、とは。随分気楽で良いじゃねえの。まだしばらくは現世に留まることになりそうだし、それくらいの気軽さはありがてえや。……、帰路を思うからこそ、心穏やかに進める道ってのもあるだろうし」

数歩先へと進んでから、のっぺらぼうが振り返る。

晴れやかに笑んだ彼は、刻雨を見据え、こう告げた。

「奇妙な縁だが、これから道中、改めてよろしく頼むぜ、――相棒」

あとがき

この度は、『のっぺらぼうと天宿《あまやど》りの牙卵《がらん》　影の王と祟りの子』をお手にとっていただき、まことにありがとうございます。里見透と申します。

本作は、二〇一九年に趣味で執筆・刊行していた同人誌、『のっぺらぼうと天宿りの牙卵』を加筆修正した作品です。物語の大筋に変更はありませんが、字数は同人版の約四割増となりました。本作に登場する、あのひとの心理描写を深堀りしてみたり、このひとの登場箇所を増やしてみたり……。既に完結させ、発表済みの物語に手を入れることは普段めったに行わないことでしたので、新鮮で楽しい経験でした。

元々、子供の頃から物語を創造することが大好きで、創るのが楽しい！　という気持ちだけ詰め込んで創作活動を続けてまいりました。特に本作は、私にとって初めて執筆する長編和風ファンタジーでしたので、折角和モノを書くからには、と、日本古来の伝統文化・風俗習慣・神話、物語の体系、大和言葉の音の使い方など、様々なことを学ぶ切っ掛けにもすることができました。作中でそれらを活かしきれたかといえば、必ずしもそうではないのですが……、片鱗だけでも、感じ取っていただけましたら幸いです。

そうしてめいっぱいに楽しんで書いた物語が商業書籍となり、これまた幼い頃から大好きで通い続けてきた、書店という素晴らしい空間に置いていただけることとなり、感謝の思いでいっぱいです。本作を見つけ、商業出版へと導いてくださったことのは文庫編集長佐藤さん、貴重な機会をいただき、ありがとうございました。

同人版刊行の頃より引き続き、キャラクターデザイン・地図制作を請け負ってくださった匙於ナゲルさん、同人活動時代から応援し続けてくださった読者の皆様にも、改めて、特段の感謝をお伝えさせてください。皆様の応援があったからこそ、物語づくりを楽しみ続けてここまで来ることができました。また、心の友5合炊き炊飯器さん（人名）、本作製作中、心が折れる度に支えていただきました。本当にありがとうございます。あなたがいなかったら、この本は間違いなく刊行されなかったと思います。

素敵なカバーイラストを書いてくださった睦月ムンクさん、作者以上に物語を読み込みきめ細やかなご指摘をくださった校閲ご担当者様、味のあるロゴやカバーをデザインしてくださったデザインご担当者様、本作を広報してくださった営業ご担当者様、この本の制作にご尽力くださった皆様に、心から感謝いたします。

最後に、この本をお手にとってくださった皆様、本当にありがとうございます。この物語との出会いが、みなさまにとって何かしらの良いご縁となりましたら、幸いです。

二〇二三年　六月　里見透

ことのは文庫

のっぺらぼうと天宿《あまやど》りの牙卵《がらん》
影《かげ》の王《おう》と祟《たた》りの子《こ》

2023年6月26日　初版発行

著者　里見《さとみ》 透《とおる》
発行人　子安喜美子
編集　佐藤　理
印刷所　株式会社広済堂ネクスト
発行　株式会社マイクロマガジン社
URL：https://micromagazine.co.jp/
〒104-0041
東京都中央区新富1-3-7 ヨドコウビル
TEL.03-3206-1641 FAX.03-3551-1208（販売部）
TEL.03-3551-9563 FAX.03-3551-9565（編集部）

本書は、個人出版された『のっぺらぼうと天宿りの牙卵』（2019年11月発行）を改題し、加筆・修正した上、書籍化したものです。
定価はカバーに印刷されています。

ISBN978-4-86716-434-1　C0193
乱丁、落丁本はお取り替えいたします。